我在阳光下往返春天

沈从文

著

天地出版社 | TIANDI PRESS

出 版 说 明

沈从文是中国著名作家，1924年开始从事文学创作，曾两度提名诺贝尔文学奖，被誉为20世纪中国文学"无冕之王"。他的作品，满是自然的美丽、生命的美好、人性的纯粹，同时不乏对人生的思考。

本次出版的系列图书，经沈从文之子沈龙朱授权、审定，精选沈从文80篇经典作品，分为三册，从多方面展现了他真实、丰富、多彩的人生。其中，《我在阳光下往返春天》21篇，讲述人间烟火事、湘水多情人等，记录生活的美好与温暖；《风的去处便是我的去处》30篇，通过对人生经历、爱情等的描写，展现年轻人对梦想与爱的孜孜追求；《我的心涂上了月的光明》29篇，讲述作者南下返乡，一路所见的人、事、物，抒发对自然生命的感悟、对妻子的深刻思念。沈从文以古朴浪漫的语言,以生动细腻的笔触,展现了湘西世界的自然风光与人文风情,满是自然和人性之美,给人们的心灵开辟了一方净土。

由于沈从文作品基本作于民国时期,语言描写具有鲜明的时代特色,编辑在加工处理时,以呈现原汁原味的沈从文作品为原则,尽量保留作者原本的行文用字,如"熟习""希奇""年青"等;个别难以理解的词语则以脚注形式进行注释。另外,每篇文末尽可能注明写作时间和原文出处,方便读者了解其背景。

本系列图书主要参校以下几个版本:

一、民国时期出版的作品集,如《长河》《鸭子》《入伍后》《烛虚》等。

二、人民文学出版社出版的作品集,如《沈从文散文》《边城 湘行散记》《从文自传》等。

三、四川人民出版社出版的《沈从文选集》(全五卷),沈从文研究专家凌宇编选。

四、岳麓书社出版的《沈从文别集》,沈虎雏编选,包括《湘行集》《凤凰集》《边城集》等二十种。

目 录

腊八粥 / 003

往事 / 009

玫瑰与九妹 / 015

第一章 人间烟火事

炉边 / 020

夜渔 / 028

云南看云 / 037

凤凰观景山 / 044

昆明冬景 / 048

第二章 今朝风日好

游二闸 / 055

春游颐和园 / 064

忆麻阳船 / 083

泊兴隆街 / 081

小船上的信 / 077

在桃源 / 075

第三章 **相思无尽处**

夜泊鸭窠围 / 085

到泸溪 / 089

泸溪黄昏 / 092

003

三三 / 203

边城 / 097

第四章
湘水多情人

龙朱 / 244

雨后 / 236

第一章 人间烟火事

九妹还时常一人站立在花钵边对着那深红浅红的花朵微笑，像花也正觑着她微笑的样子。

腊八粥

初学喊爸爸的小孩子,会出门叫洋车了的大孩子,嘴巴上长了许多白胡胡的老孩子,提到腊八粥,谁不口上就立时生一种甜甜的腻腻的感觉呢。把小米,饭豆,枣,栗,白糖,花生仁儿,合并拢来糊糊涂涂煮成一锅,让它在锅中叹气似的沸腾着,单看它那叹气样儿,闻闻那种香味,就够咽三口以上的唾沫了,何况是,大碗大碗的装着,大匙大匙朝口里塞灌呢!

住方家大院的八儿,今天喜得快要发疯了。一个人,出出进进于灶房,看到那一大锅正在叹气的粥,碗盏都已预备得整齐摆到灶边好久了,但他妈总说是时候还早。

他妈正拿起一把锅铲在粥里搅和。锅里的粥也像是益发浓稠了。

"妈,妈,要到什么时候才……"

"要到夜里！"其实他妈所说的夜里，并不是上灯以后。但八儿听了这种松劲的话，眼睛可急红了。锅子中，有声无力的叹气，正还是在继续。

"那我饿了！"八儿要哭的样子。

"饿了，也得到太阳落下时才准吃。"

饿了，也得到太阳落下时才准吃。你们想，妈的命令，看羊还不够资格的八儿，难道还能设什么法来反抗吗？并且八儿所说的饿，也不可靠，不过因为一进灶房，就听到那锅子中叹气又像是正在呻唤的东西，因好奇而急于想尝尝这奇怪东西罢了。

"妈，妈，等一下我要吃三碗！我们只准大哥吃一碗。大哥同爹都吃不得甜的，我们俩光吃甜的也行……妈，妈，你吃三碗我也吃三碗，大哥同爹只准各吃一碗；一共八碗，是吗？"

"是呀！孥孥说得对。"

"要不然我吃三碗半，你就吃两碗半……"

"卜……"锅内又叹了声气。八儿回过头来了。

比灶矮了许多的八儿，回过头来的结果，亦不过看到一股淡淡烟气往上一冲而已！

锅中的一切，这在八儿，只能猜想……栗子会已稀烂到认不清楚了罢，赤饭豆会煮得浑身透肿成了患水蛊胀病那样子了罢，花生仁儿吃来总已是面东东的了！枣子必大了三四倍——要是真的干红枣也有那么大，那就妙极了！糖若作多

第一章　人间烟火事

了,它会起锅巴……

"妈,妈,你抱我起来看看罢!"于是妈就如八儿所求的把他抱了起来。

"噢……"他惊异得喊起来了,锅中的一切已进了他的眼中。

这不能不说是奇怪呀,栗子跌进锅里,不久就得粉碎,那是他知道的,他曾见过跌进到黄焖鸡锅子里的一群栗子,不久就融掉了。赤饭豆害水蛊肿,那也是往常熬粥时常见的事。花生仁儿脱了他的红外套,这是不消说的事。锅巴,正是围了锅边成一圈。总之,一切固都成了如他所猜的样子了,但他却不想到今日粥的颜色是深褐。

"怎么,黑的!"八儿还同时想起染缸里的脏水。

"枣子同赤豆搁多了。"妈的解释的结果,是捡了一枚特别大得吓人的赤枣给了八儿。

虽说是枣子同饭豆搁得多了一点,但大家都承认味道是比普通的粥要好吃得多了。

夜饭桌边,靠到他妈斜立着的八儿,肚子已成了一面小鼓了。如在热天,总免不了又要为他妈的手掌麻烦一番罢。在他身边桌上那两只筷子,很浪漫的摆成一个十字。桌上那大青花碗中的半碗陈腊肉,八儿的爹同妈也都奈何它不来了。

"妈,妈,你喊哈叭出去了罢!讨厌死了,尽到别人脚下钻！"

若不是八儿脚下弃得腊肉皮骨格外多，哈叭也不会单同他来那么亲热罢。

"哈叭，我八儿要你出去，快滚罢……"接着是一块大骨头掷到地上，哈叭总算知事，衔着骨头到外面啃嚼去了。

"再不知趣，就赏它几脚！"八儿的爹，看那只哈叭摇着尾巴很规矩的出去后，对着八儿笑笑的说。

其实，"赏它几脚"的话，倘若真要八儿来执行，还不是空的吗？凭你八儿再用力重踢它几脚；让你八儿狠狠的用出吃奶力气，顽皮的哈叭，它不还是依然伏在桌下嚼它所愿嚼的东西吗？

因为"赏它几脚"的话，又使八儿的妈记起了许多他爹平素袒护狗的事。

"赏它几脚，你看到它欺负八儿，那一次又舍得踢它？八宝精似的，养得它恣刺得怪不逗人欢喜，一吃饭就来桌子下头钻，赶出去还得丢一块骨头，其实都是你惯死了它！"这显然是对八儿的爹有点揶揄了。

"真的，妈，它还抢过我的鸭子脑壳呢。"其实这也只能怪八儿那一次自己手松。然而八儿偏把这话来帮助他妈说哈叭的坏话。

"那我明天就把哈叭带到场上去，不再让它同你玩。"果真八儿的爹的宣言是真，那以后八儿就未免寂寞了。

然而八儿知道爹是不会把狗带到场上去的，故略不气馁。

"让他带去，我宝宝一个人不会玩，难道必定要一个狗来陪吗？"以下的话风又转到了爹的身上，"牵了去也免得天天同八儿争东西吃！"

"你只恨哈叭，哈叭那里及得到梁家的小黄呢？"

"要是小黄在我家里，我早就喊人来打死卖到汤锅铺子去了。"八儿的妈说来脸已红红的！

小黄是怎么一个样子，乃值得八儿的爹提出来同哈叭相较呢？那是上隔壁梁家一只守门狗，有得是见人就咬的一张狠口。梁家因了这只狗，几多熟人都不敢上门了。但八儿的妈，时常过梁家时，那狗却像很客气似的，低低吠两声就走了开去。八儿的妈，以为这已是互相认识的一种表示了，所以总不大如别人样对这狗防备。上月子，为八儿做满八岁的周年，八儿的妈上梁家去借碓舂粑粑，进门后，小黄突变了往日态度，毫不认幌似的，扑拢来大腿腱子肉上咬了一口就走了。这也只能怪她自己头上顶了那个平素小黄不曾见她顶过的竹簸。落后是梁四屋里人为敷上了止血药，又为把米粉舂好了事。转身时，八儿的妈就一一为他爹说了，还说那畜生连天天见面的人也认不清，真的该拿来打死起！因此一来，八儿的爹就找出一句为自己心爱这只哈叭护短的话了。譬如是哈叭顽皮到使八儿的妈发气时，八儿的爹就把"比梁家小黄就不如了！""那你喜欢小黄罢？""我这哈叭可惜不会咬人！"一类足以证明这只哈叭虽顽皮实天真驯善的话来解围,自然这一类解围的话中,还夹着了些须逗自己奶奶开心的意味。

　　本来那一次小黄给她的惊吓比痛苦还多,请想,两只手正扶着一个大簸簸,而那畜生三不知扑拢来就在你腿子肉上啃一下,怎不使人气愤?要是八儿家哈叭竟顽皮到同小黄一样,恐怕八儿的爹,不再要奶奶提议,也早做成打狗的杨大爷一笔生意了。

　　八儿不着意的把头转到门帘子脚边去,两个白花耳朵同一双大眼睛又在门帘下脚宣开处出现了。哈叭像是心里怯怯的,只把一个头伸进房来看里面的风色,又像不好意思似的(尾巴也在摇摆)。

　　"混账⋯⋯"很懂事样子经过八儿一声吃喝,哈叭那个大头就不见了。

　　然而八儿知道哈叭这时还在门帘外边徘徊。

十二月二十六于北京
选自《鸭子》,北新书局一九二六年十一月版

往　事

　　这事说来又是十多年了。

　　算来我是六岁。因为第二次我见到长子四叔时，他那条有趣的辫子就不见了。

　　那是夏天秋天之间。我仿佛还没有上过学。妈因怕我到外面同瑞龙他们玩时又打架，或是乱吃东西，每天都要靠到她身边坐着，除了吃晚饭后洗完澡同大哥各人拿五个小钱到道门口去买士元的凉粉外，剩下便都不准出去了！至于为甚又能吃凉粉？那大概是妈知道士元凉粉是玫瑰糖，不至吃后生病吧。本来那时的时疫也真凶，听瑞龙妈说，杨老六一家四口人，从十五得病，不到三天便都死了！

　　我们是在堂屋背后那小天井内席子上坐着的。妈为我从一个小黑洋铁箱子内取出一束一束方块儿字来念，她便膝头上搁着一个麻篮绩麻。弄子里跑来的风又凉又软，很易引人瞌睡，当我倒在席子上时，妈总每每停了她的工作，为我拿蒲扇来赶那些专爱停留在人脸上的饭蚊子。间或有个时候妈也会睡觉，必到大哥从学校挟着书包回来嚷肚子饿时才醒，那末，夜饭必定便又要晚一点了！

爹好像到乡下江家坪老屋去了好好久了，有天忽然要四叔来接我们。接的意思四叔也不大清楚，大概也就是闻到城里时疫的事情罢。妈也不说什么，她知道大姐二姐都在乡里，我自然有她们料理。只嘱咐了四叔不准大哥到乡下溪里去洗澡，因大哥前几天回来略晚，妈摩他小辫子还湿漉漉的，知他必是同几个同学到大河里洗过澡了，还刚重重的打了他一顿呢。四叔是一个长子，人又不大肥，但很精壮。妈常说这是会走路的人。铜仁到我凤凰是一百二十里蛮路，他能扛六十斤担子一早动身，不抹黑就到了，这怎么不算狠！他到了家时，便忙自去厨房烧水洗脚。那夜我们吃的夜饭菜是南瓜炒牛肉。

妈为拣菜劝他时，他又选出无辣子的牛肉放到我碗里。真是好四叔呵！

那时人真小，我同大哥还是各人坐在一只箩筐里为四叔担去的！大哥虽是大我五六岁，但在四叔肩上似乎并不什么不匀称。乡下隔城有四十多里，妈怕太阳把我们晒出病来，所以我们天刚一发白时就动身，到行有一半的唐峒山时，太阳还才红红的。到了山顶，四叔把我们抱出来各人放了一泡尿，我们便都坐在一株大刺栎树下歇憩。那树的杈桠上搁了无数小石头，树左边又有一个石头堆成的小屋子。四叔为我们解说小屋子是山神土地：为赶山打野猪人设的；树上石头是寄倦的：凡是走长路的人，只要放一个石头到树上，便不倦了。但大哥问他为甚不也放一个石子时，他却不作声。

他那条辫子细而长正同他身子一样。本来是挽放头上后而再加上草帽的，不知是那辫子长了呢还是他太随意，总是动不动又掉下来，当我是在他背后那头时，辫子尖端便时时在我头上晃。

"芸儿，莫闹！扯着我不好走！"

我伸出手扯着他辫子只是搦，他总是和和气气这样说。

"四满（乡人呼叔叔为满满），到了？"大哥很搔急的这么问。

"快了，快了，快了！芸弟都不急，你怎么这样慌？你看我跑！"他略略把脚步放快一点，大哥便又嚷摇的头痛了。

他一路笑大哥不济。

到时，爹正同姨婆五叔四婶他们在院中土坪上各坐在一条小凳上说话。姨婆有两年不见我了，抱了我亲了又亲。爹又问我们饿了不曾，其实我们到路上吃甜酒米豆腐已吃胀了。上灯时，方见大姐二姐大姑满姑（满姑乃最小之姑母）各人手上提了一捆地萝卜进来。

我夜里便同大姐等到姨婆房里睡。

乡里有趣多了！既不什么很热，而夜里蚊子也很少。大姐到久一点，似乎各样事情都熟习，第二天一早便引我去羊栏边看睡着比猫还小的白羊，牛栏里正歪起颈项在吃奶的牛儿。我们又到竹园中去看竹子。那时觉得竹子实在是一种很奇怪的东西。本来城里竹子，通常大到屠桌边卖肉做钱筒的已算出奇了！但后园里那些南竹，大姐教我去试抱一下时，两手竟不能相掺。满姑又为偷偷的到园坎上摘了十多个桃子。接着我们便跑到大门外溪沟边上拾得一衣兜花蚌壳。

事事都感到新奇：譬如五叔喂的那十多只白鸭子，它们会一翅从塘坎上飞过溪沟。夜里四叔他们到溪里去照鱼时，却不用什么网，单拿个火把，拿把镰刀。姨婆喂有七八只野鸡，能飞上屋，也能上树，却不飞去；并且，只要你拿一捧包谷米在手，口中略略一逗，它们便争先恐后的到你身边来了。什么事情都有味：我们白天便跑到附近村子里去玩，晚上总是同坐在院中听姨婆学打野猪打獾子的故事。姨婆真好，我们上床时，她还每每为从大油坛里取出炒米，栗子，同脆酥酥的豆子给我们吃！

后园坎上那桃子已透熟了，满姑一天总为我们去偷几次。爹又不大出来，四叔五叔又从不说话，间或碰到姨婆见了时，也不过笑笑的说：

第一章　人间烟火事

"小娥,你又忘记嚷肚子痛了!真不听讲——芸儿,莫听你满姑的话,吃多了要坏肚子!拿把①我,不然晚上又吃不得鸡膊腿了!"

乡里去有场集的地方似乎并不很近,而小小村中除每五天逢一六赶场外通常都无肉卖。因此,我们几乎天天吃鸡,惟我一人年小,鸡的大腿便时时归我。

我们最爱看又怕看的是溪南头那坝上小碾房的磨石同自动的水车:碾房是五叔在料理。那圆圆的磨石,固定在一株木桩上只是转只是转,五叔像个卖灰的人,满身是糠皮,只是在旋转不息的磨石间拿扫把扫那跑出碾槽外的谷米。他似乎并不着一点忙,磨石走到他跟前时一跳又让过磨石了。我们为他着急又佩服他胆子大。水车也有味,是一些七长八短的竹篙子扎成的。它的用处就是在灌水到比溪身还高的田面。大的有些比屋子还大,小的也还有一床晒簟大小。它们接接连连竖立在大路近旁,为溪沟里急水冲着快快地转动,有些还咿哩咿哩发出怪难听的喊声,由车旁竹筒中运水倒到悬空的枧(剜木以引水之物)上去。它的怕人就是筒子里水间或溢出枧外时,那水便砰的倒到路上了,你稍不措意,衣服便打得透湿。我们远远的立着看行路人抱着头冲过去时那样子好笑。满姑虽只大我四岁,但看惯了,她却敢在下面走

---

① 拿把:方言,摆架子、故意作难。——本书注释均为编者所加

来走去。大姐同大姑,则知道那个车子溢出后便是那一个接脚,不消说是不怕水淋了!只我同大哥二姐却无论如何不敢去尝试。

选自《鸭子》,北新书局一九二六年十一月版

玫瑰与九妹

大哥从学堂归来时，手上拿了一大束有刺的青绿树枝。

"妈，我从萧家讨得玫瑰花来了。"

大哥高兴的神气，像捡得八宝精似的。

"不知大哥到那个地方找得这些刺条子来，却还来扯谎妈是玫瑰花，（九妹说）妈，你是莫要信他话！"

"你不信不要紧。到明年子四月间开出各种花时，我可不准你戴，……还有好吃的玫瑰糖。"大哥见九妹不相信，故意这样逗她。说到玫瑰花时，又把手上那一束青绿刺条子举了一举，——像大朵大朵的绯红玫瑰花已满缀在枝上，而立即就可以折下来做玫瑰糖似的！

"谁希罕你的，我顾自不会跑到三姨家去折吗！妈，是罢？"

"是！我宝宝不有几多，会希罕他的？"

妈虽说是顺到九妹的话，但这原是她要大哥到萧家讨的，是以又要我去帮大哥的忙：

"芸儿去帮大哥的忙，把那蓝花六角形钵子的鸡冠花拔出不要了，就用那四个钵子分栽。剩下的把插到花坛海棠边去。"

大哥在九妹脸上轻轻的刮了一下，就走到院中去了。娇纵的九妹，气得两脚乱跳，非要走出去照例报复一下不可。但终于给妈扯住了。

"乖崽，让他一次就是了！我们夜里煮鸽子蛋吃，莫分他……那你打妈一下好罢。"

"妈讨厌！专卫护大哥！他有理无理打了人家一个耳巴子，难道就算了？"

妈把九妹正在眼睛角边干搽的小手放到自己脸上拍了几下，九妹又笑了。

大哥这一刮，自然是为的报复九妹多嘴的仇。

满院坝散着红墨色土砂；有些细小的红色曲蟮四处乱爬着。几只小鸡在那里用脚乱搅；赶了去又复拢来。大哥卷起两只衣袖筒，拿了外祖母剪麻绳那把方头大剪刀，把玫瑰枝条一律剪成一尺多长短。又把剪处各粘上一片糯泥巴，说是免得走气。

"老二，这一共是三种；（大哥用手指点）这是红的，——这是水红，这是大红；那种是白的：是栽成各自一钵好——还是混合起栽好呢——你说？"

"打伙儿栽好玩点。开花时也必定更热闹有趣……大哥,怎么又不将那种黄色镶边的弄来呢?"

"那种难活,萧子敬说不容易插,到分株时答应分给我两钵……好,依你办,打伙儿栽好玩点。"

我们把钵子底底各放了一片小瓦,才将新泥放下。大哥扶着枝条,待我把泥土堆到与钵口齐平时,大哥才敢松手,又用手筑实一下,洒了点水,然后放到花架子上去。

每钵的枝条均有十根左右,花坛上,却只插了三根。

就中最关心花发育的自然要数大哥了。他时时去看视,间或又背到妈偷悄儿拔出钵中小的枝条来验看是否生了根须。妈也能记到于每早上拿着那把白铁喷壶去洒水。当小小的翠绿叶片从枝条上嫩杈桠间长出时,大家都觉得极高兴。

"妈,妈,玫瑰有许多苞了!有个大点的尖尖上已红。往天我们总不去注意过它,还以为今年不会开花呢。"

六弟发狂似的高兴,跑到妈床边来说。九妹还刚睡醒,眼屎蒙懂搂着妈手臂说笑,听见了,忙要挣着起床,催妈帮她穿衣。

她连袜子也不及穿,披着那一头黄发,便同六弟站在那蓝花钵子边旁数花苞了。

"妈,第一个钵子有七个,第二个钵子有二十几个,第三个钵子有十七个,第四个钵子有三个;六哥说第四个是不大向阳,但它叶子却又分外多分外绿。花坛上六哥不准我爬上去,他说有十几个。"

当妈为九妹在窗下梳理头上那一脑壳黄头发时,九妹便把刚才同六弟所数的花苞数目告妈。

没有作声的妈,大概又想到去年秋天栽花的大哥身上去了。

当第一朵水红的玫瑰在第二个钵子上开放时,九妹记着妈的教训,连洗衣的张嫂进屋时见到刚要想用手去抚摩一下,也为她"嗨!不准抓呀!张嫂。"忙制止着了。以后花越开越多,九妹同六弟两人每早上都各争先起床跑到花钵边去数夜来新开的花朵有多少。九妹还时常一人站立在花钵边对着那深红浅红的花朵微笑;像花也正觑着她微笑的样子。

花坛上大概是土多一点罢。虽只三四个枝条,开的花却不次于钵头中的,并且花也似乎更大一点。不久,接近檐下那一钵子也开得满身满体了。而新的苞还是继续从各枝条嫩芽中茁壮。

屋里似乎比往年热闹一点。

凡到我家来玩的人,都说这花各种颜色开在一个钵子内,真是错杂的好看。同到大姐同学的一些女人到我家来看花时,也都夸奖这花有趣。三姨并且说这比她花园里的开得茂盛的远。

妈因为爱惜,从不忍折一朵下来给人,因此,谢落了的,不久便都各于它的蒂上长了一个小绿果子。妈又要我写信去告在长沙读书的大哥,信封里九妹附上了十多片谢落下的玫瑰花瓣。

那年的玫瑰糖呢,还是九妹到三姨家里折了一大篮单瓣玫瑰做的。

于北京窄而霉小斋

选自《鸭子》,北新书局一九二六年十一月版

炉　边

　　四个人，围着火盆烤手。

　　妈，同我，同九妹，同六弟，就是那么四个人。八点了罢，街上那个卖春卷的嘶了个嗓子，大声大气嚷着，已过了两次了。关于睡，我们总以九妹为中心，自己属于被人支配一类。见到她低下头去，伏在妈膝上时，我们就不待命令，也不要再有希望，叫春秀丫头做伴，送到对面大房去睡了。所谓我们，当然就是说我同六弟两人。

　　平常八点至九点，九妹是任怎样高兴，也必支持不来了。但先时预备了消夜的东西时，却又当别论。把燕窝尖子放到粥里去，我们就吃燕窝粥，把莲子放进去，我们于是又吃莲子稀饭了。虽然是所下的燕窝并不怎样多，我们总是那样说。我同六弟不拘谁一个人的量，都敌得过九妹同妈两人，但妈的说法，总是九妹饿了，为九妹煮一点消夜的东西罢。名义上，我们是托九妹的福的，因此我们都愿九妹每天于晚饭时都吃不饱，好到夜来嚷饿，我们一同沾光。我们又异常聪明，若对消夜先有了把握，则晚饭那一顿就老早留下肚子来预备了，这事大概从不为妈注意及，但九妹却瞒不过。

"娘，为老九煮一点稀饭罢。"

倘若六弟的提议不见妈否决，于是我就耀武扬威催促春秀丫头："春秀！为九小姐同我们煮稀饭，加莲子，快！"

有时，妈也会说没有糖了，或是今夜太饱了，老九那来会饿呢，遇到这种运气坏的日子，我们也只好准备着睡，没有他法。

"九妹，你说饿了，要煮鸽子蛋吃罢。"

"我不！"

"为我们说，明天我为你到老端处去买一个大金陀螺。"

"……"

背了妈，很轻的同九妹说，要她为我们说谎一次，好吃同冰糖白煮的鸽子蛋也有过，这事总是顶坏的我，（妈是这样加过我的批评的）教唆六弟，要六弟去说，用金陀螺为贿。九妹的陀螺正值坏时，于是也就慨然答应了。把鸽子蛋吃后，金陀螺还只在口上，让九妹去怨也俨然不理，在当时，反觉得出的主意并不算坏。但在另一次另一种事上，待到六弟把话说完时，她，也会到妈身边去，扳了妈的头，把嘴放在妈耳朵边去，唧唧说着我们的计划。在那时，想用贿去收买九妹的我们，除了哭着嚷着分辩着说是自己并没有同九妹说过什么话外，也只有脸红。结果是出我们意料以外，妈仍然照我们的希望，把吃物叫春秀去办。如此看来，妈以前所说全是为妹的话，又显然是在哄九妹了。然而九妹在家中因了一人独小而得到全家——尤其是母亲加倍的爱怜，也是真事。因了母亲的专私的爱，三姨也笑过我们了。而令我们不服的，是外祖母常向许多姨娘说我们并不可爱。

此次又是在一次消夜的期待中。把日里剩下的鸭子肉汤煮鸭肉粥，听到春秀丫头把一双筷子唏哩活落在外面铜锅子里搅和，似乎又闻到一点香气，妈怕我们伤风又勒着不准我们出去视察，六弟是在火盆边急得要不得了。

"春秀。还不好么？"盛气的问那丫头。

"不呢。"

"你莫打盹，让它起锅巴！"

"不呢。"

"快扇一扇火，会是火熄了，才那么慢！"

"不呢，我扇着！"

六弟到无可奈何时，乘到九妹的不注意，就把她手上那一本初等字课抢到手，琅琅的又像是要在妈面前显一手本事的样子大声念起来了。

"娘，我都背得呢，你看我闭上眼睛罢。"眼睛是果真大大方方的闭上了，但到第五课"狼，野狗也——"也就把眼睛睁开了。

"说大话的！二哥你为我把书拿在手上，待我背来。"九妹是接着又琅琅的背诵起来。

大门前，卖面的正敲着竹梆梆，口上喊着各样惊心动魄的口号，在那里引诱人。我们只要从梆梆声中就早知道这人是有名的何二了。那是卖饺子的；但也附到卖面，在城里却以饺子著名。三个铜元，则可以又有饺子又有面，得吃凤牌湘潭酱油。他的油辣子也极好。大姐每一次从学校回来，总是吃不要汤的加辣子干挑饺子。我们因了妈的禁止，却只能用眼睛去看。

那何二，照例的，挨了一会儿，又把担子扛起，一路敲打着梆梆，往南门坨方面去了，嚷着的声音是渐渐小下来，到后便只余那虽然很小还是清脆分明的擂着样的柝声。

大门前，因了宽敞，一些卖小吃的，到门前休息便成了例了。日里是不消说，还有那类在一把无大不大的"遮阳伞王"（那是老九所取的）下头炸油条糯米糍的。到夜间呢，还是可以时时刻刻听得一个什么担子过路停下的知会，锣呢，梆梆呢，单是口号呢；少有休息。这类声音，在我们听来是难受极了。每一种声音下都附有一个足以使我们流涎的食物，且在习惯中我们从各样不同的知会中又分出食物的种类了，听到这类声音，我们觉得难受，不听到又感到寂寞：最好的一个方法是大姐礼拜六回家，因了她，我们消夜的东西，差不多是每一种从门前过去的吃物都可以尝试。

何二去后,不久,一个敲小锣卖钉钉糖的又在门前休息了。我知道,这锣的大小,是正如我那面小圆砚池,是用一根红绳子挂在手上那么随随便便敲着的。许是有人在那里抽了签罢,锣声停下来,就听到一把竹签子在筒内搅动的响声了。又听到说话,但不很清楚。那卖糖的是一个别处地方人,譬如说,湖北的罢。因为他,我也常是听到口上说着"你哪家",只有湖北人口上离不得"你哪家",那是从久到武昌的陈老板的说话就早知道了。在他来此以前,我似乎还不曾见过像那样敲着小锣落雨天晴都是满街满巷走着的卖糖的人。顶特别的地方是他休息到什么地方时,把一个独脚凳塞到屁股下去坐,就悠悠扬扬打起那面小锣来了。我们因为欣赏那张特别有趣的独脚凳,是以白天一听铛铛铛的响声,就争着跑出去。六弟还有一次要他让自己坐坐看,我们奇怪它不会倒的原由,也想自己有那么一张,每日让我们坐着吃饭玩,还可以扛到三姨家去送五姐她们看。

大的木方盘内,分划成了许多区。每一区陈列糖一种。有的颜色式样虽相同味道却两样,有的样子不一样味道却又相同。有用红绿色纸包成三角形小包的薄荷糖,吃来是又凉又甜的。有成片的姜糖,味道微辣。圆的同三角形的各种果子糖,大的十枚五枚,小的两枚一枚。藕糖就真像小藕,有空有节。红的同真红椒一般大的辣子糖,可以把尖端同蒂咬去,当牛角吹。茄子糖则比真茄子小了许多，但颜色同形式都同，把茶倾到茄子中空部分再倒到口里去也很甜。还有用模子做成的糖菩萨，顶小的同一个拇指小，大的如执鞭的财神，大肚罗汉，则一斤糖还不够做一个。他，那湖北人，把菩萨安放在盘子正中，各样糖同小菩萨，则四围绕着陈列，大菩萨之间，又放了一个小瓶子，有四季花同云之类画在瓶上，瓶子中，按时插上月季，兰，石榴，茶花，菊，梅，以及各样应时的草花。袁小楼警察所长卸事后，于是极其大方的把抽糖的签筒也拿出来了。签从一点到六点各六根，把这六六三十六根竹签管束在一个外用黄铜皮包裹描金髹过的小竹筒内。"过五关"的抽法是一个小钱只能得小菩萨一名。若用铜元，则过了三次五关以后，胜利还是属于自己，则供养在盘子正中手里拿了鞭高高举着的那位财神爷就归自己所有了。三次五关都得吉利的过去，这似乎是很难，但每天那湖北人回家时那一对大财神总不能一路返家，似乎是又并不怎样不容易了。

等了一会儿，外面的签筒还在搅动。

六弟是早把神魂飞出大门傍到那盘子边去了。

我说："老九，你听！"我是知道九妹衣兜里还有四十多枚小钱的。

其实九妹也正是张了耳朵在听。

"去罢。"九妹用目答应我。

她把手去前衣兜里抓她的财产，又看着母亲老实温驯的说:"娘,我去买点薄荷糖吃罢!"

"他们想吃了,莫听他们的话。"

"我又不抽签。"九妹很伶便的分解,都知道妈怕我们去抽签。

"那等一会儿粥又不能吃了!"

本来并不想到糖吃的九妹,经母亲一说,在衣兜里抓数着钱的那只手是极自然的取出来了。

妈又说必是六生的怂恿。这当然是太冤屈六弟了。六弟就忙着分辩,说是自己正想到别一桩事,连话也不讲,说是他,那真冤枉极了!

六弟所说是正想到别一桩事,也是诚然。他想到许多事情出奇的凶,……那位像活的生了长胡子横骑着老虎的财神爷怎么内部是空的?那大肚子罗汉怎么同卖糖的杨怒山竟一个样的胖实?那个花瓶为什么必得四名小菩萨围绕?

签筒声停止后,那铛铛铛漂亮的锣声便又响着了。

这样不到二十声,就会把独脚凳收起来,将盘子顶到头上,也用不着手扶,一面高兴打着锣走向道门口去罢。到道门口后,把顶上的木盘放下,于是一群嘴边正抹满了包家娘醋萝卜碗里辣子水的小孩,就蜂子样飞了过来围着,胡乱的投着钱,吵着骂着,乘了胜利,把盘子中的若干名大小菩萨一齐搬走,眼看到菩萨随到小孩子走尽后,于是又把独脚凳收起,心中装了欢喜,盘中装了钱,用快步的跑转家去罢。回家

第一章　人间烟火事

大约还得把明天待用的各样糖配齐,财神重新再做,小菩萨也补足五百数目,到三更以后始能上床去睡,……为那糖客设想着,又为那糖客担心着财神的失去,还极其无意思的睨视着又羡企着那群快要二炮了还不归家去的放浪孩子,糖客是当真收起独脚凳走去了。

"那钉钉糖已经过道门口去了!"六弟嗒然的说。

"每夜都是这时来。"我接着。

"娘,那是一个湖北佬,不论见到了谁个小孩子都是'你哪家'的,正像陈老板娘的老板,我讨厌他那种恭敬。"九妹从我手上把那本字课抢过手去,"娘,这书里也画得有个卖糖的人呢。"

妈没有作声。

湖北佬真是走了。在鸭子粥没有到口以前,我们都觉得寂寞。

选自《入伍后》,北新书局一九二八年二月版

夜　渔

这已是谷子上仓的时候了。

年成的丰收,把茂林家中似乎弄得格外热闹了一点。在一天夜饭桌上,坐着他四叔两口子,五叔两口子,姨婆,碧霞姑妈同小娥姑妈,以及他爹爹;他在姨婆与五婶之间坐着,穿着件紫色纺绸汗衫。中年妇人的姨婆,时时停了她的筷子,为他扇背。茂儿小小的圆背膊已有了两团湿痕。

桌子上有一大钵鸡肉,一碗满是辣子拌着的牛肉,一碗南瓜,一碗酸粉辣子,一小碟酱油辣子;五叔正夹了一只鸡翅膀放到碟子里去。

"茂儿,今夜敢同我去守碾房罢?"

"去,去,我不怕!我敢!"

他不待爹的许可就忙答应了。

爹刚放下碗,口里含着那枝"京八寸"小潮绿烟管,呼得喷了一口烟气,不说什么。那烟气成一个小圈,往上面消失了。

他知道碾子上的床是在碾房楼上的,在近床边还有一个小小窗口。从窗口边可以见到村子里大院坝中那株夭矫矗立的大松树尖端,又可以见到田家寨那座灰色石碉楼。看牛的小张,原是住在碾房;会做打笼装套捕捉偷鸡的黄鼠狼,又曾用大茶树为他削成过一个两头尖的线子陀螺。他刚才又还听到五叔说溪沟里有人放堰,碾坝上夜夜有鱼上罾了……所以提到碾房时,茂儿便非常高兴。

当五叔同他说到去守碾房时,他身子似乎早已在那飞转的磨石边站着了。

"五叔,那要什么时候才去呢?……我不要这个。……吃了饭就去罢?"

他靠着桌边站着,低着头,一面把两只黑色筷子在那画有四个囍字的小红花碗里"要扬不紧"①的扒饭进口里去。左手边中年妇人的姨婆,检了一个鸡肚子朝到他碗里一掼。

"茂儿,这个好呢。"

"我不要。那是碧霞姑妈洗的,……不干净,还有——糠皮儿……"他说到糠字时,看了他爹一眼。

"你也是吃饱了!糠皮儿在那里?……不要,就送把我罢。"

---

① 要扬不紧:慢吞吞的。

"真的，不要就送把你姑妈。我帮你泡汤吃。"五婶说。

茂儿把鸡肚子一扔丢到碧霞碗里去。他五婶却从他手里抢过碗去倒了大半碗鸡汤。但到后依然还是他姨婆为他把剩下的半碗饭吃完。

天上的彩霞，作出各样惊人的变化，倏而满天通黄，像一块其大无比的金黄锦缎；倏而又变成淡淡的银红色，稀薄到像一层蒙新娘子粉靥的面纱；倏而又成了许多碎锦似的杂色小片，随着淡宕的微风向天尽头跑去。

他们照往日样，各据着一条矮板凳，坐在院坝中说笑。

茂儿搬过自已那张小小竹椅子，紧紧的傍着五叔身边坐下。

"茂儿，来！让我帮你摩一下肚子，不然，半夜会又要嚷肚子痛。"

"不，我不胀！姨婆。"

"你看你那样子。……不好好推一下，会伤食。"

"不得。（他又轻轻的挨五叔）五叔，我们去罢！不然夜了。"

"小孩子怎不听话？"

姨婆那副和气样子养成了他顽皮娇恣的性习；不管姨婆如何说法，他总不愿离开五叔身边。到后还是五叔用"你不听姨婆话就不同你往碾房……"为条件，他才忙跑到姨婆身边去。

"您要快一点！"

"噢！这才是乖崽！"姨婆看着茂儿胀得圆圆的像一面小鼓的肚子，用大指蘸着唾沫，在他肚皮上一推一赶，口里轻轻哼着："推食赶食……你自己瞧看，肚子胀到什么样子了，还说不要紧！……今夜太吃多了。推食赶食……莫挣！慌什么，再推几下就好了。……推食赶食……"

"姨婆，算了吧！你那手指甲刮得人家肚皮痒痒的，怪难受。"她又把那左手留有一寸多长的灰色指甲翘起，他可不好再说话了。

院坝中坐着的人面目渐渐模糊，天空由曙光般淡白而进于黑暗……只日影没处剩下一撮深紫了。一切皆渐次消失在夜的帷幕下。

在四围如雨的虫声中，谈话的声音已抑下了许多了。

凉气逼人，微飔拂面，这足证明残暑已退，秋已将来到人间了。茂儿同他五叔，慢慢的在一带长蛇般黄土田塍上走着。在那远山脚边，黄昏的紫雾迷漫着，似乎雾的本身在流动，又似乎将一切流动。天空的月还很小，敌不过它身前后左右的大星星光明。田塍两旁已割尽了禾苗的稻田里，还留着短短的白色根株。田中打禾后剩下的稻草，堆成大垛大垛，如同一间一间小屋。身前后左右一片繁密而细碎的虫声，如一队音乐师奏着庄严凄清的秋夜之曲。金铃子的"叮……"像小铜钲般清越,尤其使人沉醉。经行处,间或还闻到路旁草间小生物的窸窣。

"五叔,路上莫有蛇罢?"

"怕什么。我可以为你捉一条来玩,它是不会咬人的。"

"那我又听说乌梢公同烙铁头(皆蛇名)一咬人便准毒死。这个小张以前曾同我说过。"

"这大路那来乌梢公?你怕,我就背你走罢。"

他又伏在他五叔背上了。然而夜枭的喊声,时时像一个人在他背后咳嗽;依然使他不安。

"五叔,我来拿麻藁。你一只手背我,一只手又要打火把,似乎不大方便。"他想若是拿着火把,则可高高举着,照烛一切。

"你莫拿,快要到了!"

耳朵中已听到碾房附近那个小水车咿咿呀呀的喊叫了。碾房那一点小小红色灯火,已在眼前闪烁,不过,那灯光,还只是天边当头一颗小星星那末大小罢了!

转过了一个山嘴,溪水上流一里多路的溪岸通通出现在眼前了。足以令他惊呼喝嚷的是沿溪有无数萤火般似的小火星在闪动。隐约中更闻有人相互呼唤的声音。

"咦!五叔,这是怎么?"

"嗨!今夜他们又放鱼!我还不知道。若早点,我们可以叫小张把网去整一下,也好去打点鱼做早饭菜。"

……假使能够同到他们一起去溪里打鱼,左手高高的举着通明的葵藁或旧缆子做的火把，右手拿一面小网，或一把镰刀，或一个大篾鸡笼，腰下悬着一个鱼篓，裤脚扎得高高到大腿上头，在浅浅齐膝令人舒适的清流中，溯着溪来回走着，溅起水点到别个人头脸上时——或是遇到一尾大鲫鱼从手下逃脱时，那种"怎么的！……你为甚那末冒失慌张呢？""老大！得了，得了！……""啊呀，我的天！这么大！""要你莫慌，你偏偏不听话，看到进了网又让它跑脱了。……"带有吃惊，高兴，怨同伴不经心的嚷声，真是多么热闹（多么有趣）的玩意事啊！……

茂儿想到这里，心已略略有点动了。

"那我们这时要小张转家去取网不行吗？"

"算了！网是在楼上，很难取。……并且有好几处要补才行。"五叔说，"左右他们上头一放堰坝时，罾上也会有鱼的。我们就守着罾罢。"

关于照鱼的事，五叔似乎并不以为有什么趣味，这很令不知事的茂儿觉得希奇。

…………

三月二十一日于窄而霉小斋

选自《鸭子》，北新书局一九二六年十一月版

第二章 今朝风日好

云南的云给人印象大不相同,它的特点是素朴,影响到人性情也应当挚厚而单纯。

云南看云

云南因云而得名,可是外省人到了云南一年半载后,一定会和本地人差不多,对于云南的云,除却只能从它变化上得到一点晴雨知识,就再也不会单纯的来欣赏它的美丽了。看过卢锡麟先生的摄影后,必有许多人方俨然重新觉醒,明白自己是生在云南,或住在云南。云南特点之一,就是天上的云变化得出奇。尤其是傍晚时候,云的颜色,云的形状,云的风度,实在动人。

战争给许多人一种有关生活的教育,走了许多路,过了许多桥,睡了许多床,此外还必然吃了许多想象不到的小苦头。然而真正具有深刻教育意义的,说不定倒是明白许多地方各有各的天气,天气不同还多少影响到一点人事。云有云的地方性:中国北部的云厚重,人也同样那么厚重。南部的云活泼,人也同样那么活泼。海边的云幻异,渤海和南海云又各不相同，正如两处海边的人性情不同。河南的云一片黄，抓一把下来似乎就可以作窝窝头，云粗中有细，人亦粗中有细。湖湘的云一片灰，长年挂在天空一片灰，无性格可言，然而橘子辣子就在这种地方大量产生，在这种天气下成熟，却给湖南人增加了生命的发展性和进取精神。四川的云与湖南云虽相似而不尽相同，巫峡峨眉夹天耸立，高峰把云分割又加浓，云似乎有了生命，人也有了生命。

论色彩丰富，青岛海面的云应当首屈一指。有时五色相煊，千变万化，天空如展开一张图案新奇的锦毯。有时素净纯洁，天空只见一片绿玉，别无他物。看来令人起轻快感，温柔感，音乐感，情欲感。一年中有大半年天空完全是一幅神奇的图画，有青春的嘘息，煽起人狂想和梦想，海市蜃楼即在这种天空显现。海市蜃楼虽并不常在人眼底，却永远在人心中。秦皇汉武的事业，同样结束在一个长生不死青春常在的美梦里，不是毫无道理的。云南的云给人印象大不相同，它的特点是素朴，影响到人性情也应当挚厚而单纯。

云南的云似乎是用西藏高山的冰雪，和南海长年的热风，两种原料经过一番神奇的手续完成的。色调出奇的单纯，唯其单纯反而见出伟大。尤以天时晴明的黄昏前后，光景异常动人。完全是水墨画，笔调超脱而大胆。天上一角有时黑得如一片漆，它的颜色虽然异样黑，给人感觉竟十分轻。在任何地方"乌云蔽天"照例是个沉重可怕的象征，唯有云南傍晚的黑云,越黑反而越不碍事,且表示第二天天气必然顶好。几年前中国古物运到伦敦展览时,有一个赵松雪作的卷子,名《秋江叠嶂》,净白如玉的澄心堂纸上用浓墨重重涂抹,淡墨粗粗扫拂,给人印象却十分秀美;云南的云也恰恰如此,看来只觉得黑而秀。

可是我们若在黄昏前后,到城郊外一个小丘上去,或坐船在滇池中,看到这种云彩时,低下头来一定会轻轻的叹一口气。具体一点将发生"大好河山"感想,抽象一点将发生"逝者如斯"感想。心中一定觉得有些痛苦,为一片悬在天空中的沉静黑云痛苦。因为这东西给了我们一种无言之教,比目前政论家的文章,宣传家的讲演,杂感家的讽刺文,都高明得多深刻得多,同时还美丽得多。觉得痛苦原因或许也就在此。那么好看的云,孕育了在这一片天底下讨生活的人,究竟是些什么?是一种精深博大的人生理想?还是一种单纯美丽的诗的感情?若把它与地面所见、所闻、所有两相对照,实在使人不能不感觉痛苦!

在这美丽天空下,人事方面,我们每天所能看到的,除了空洞的论文,不通的演讲,小巧的杂感,此外似乎到处就只碰到"法币"。商人和银行办事人直接为法币而忙。最可悲的现象,实无过于大学校的商学院,每到注册上课时,照例人数必最多。这些人其所以习经济、习会计,都可说对于生命毫无高尚理想可言,目的只在毕业后入银行做事。"熙熙攘攘,皆为利往,挤挤挨挨,皆为利来,利之所在,群集若蛆。"社会研究所的专家,机会一来即向银行跑。习图书馆的,弄考古的,学外国文学的,因为亲戚、朋友、同乡……种种机会,又都挤进银行或相近金融机关作办事员。大部分优秀脑子,都给真正的法币和抽象的法币弄得昏昏的,失去了应有的灵敏与弹性,以及对于"生命"较高的认识。其余无知识的脑子,成天打算些什么,也就可想而知了。云南的云即或再美丽一点,对于多数人还似乎毫无意义可言的。

近两个月来本市在连续的警报中,城中二十万市民,无一不早早的就跑到郊外去,向天空把一个颈脖昂酸,无一人不看到过几片天空飘动的浮云,仰望结果,不过增加了许多人对于财富得失的忧心罢了。"我的越币下落了""我的汽油上涨了""我的事业这一年发了五十万财""我从公家赚了八万三",这还是就仅有十几个熟人中说说的。此外说不定还有三五个教授之流,终日除玩牌外无其他娱乐,会想到前一晚上玩麻雀牌输赢事情,聊以解嘲似的自言自语:"我输牌不输理。"这种博学多闻教授先生,当然永远是不输理的,在警报解除以后,还不妨跑到老同学住处去,再玩个八圈,证明一下输的究竟是什么。一个人若乐意在地下爬,以为是活下来最好的姿势,他人劝说不妨试站起来走,或更盼望他挺起脊梁来做个人,当然是不会有什么结果的。

就在这么一个社会一种情形中,卢先生却来展览他在云南的照相，告给我们云南法币以外还有些什么。即以天空的云彩言，色彩单纯的云有多健美，多飘逸，多温柔，多崇高！观众人数多，批评好，正说明只要有人会看云，就从云影中取得一种诗的感兴和热情，还可望将这种尊贵有传染性的感情，转给另外一种人。换言之，就是云南的云即或不能直接教育人，还可望由一个艺术家的心与手，间接来教育人。卢先生照相的兴趣，似乎就在介绍这种美丽感印给多数人，所以作品中对于云物的题材，处理得特别好。每一幅云都有一种不同的性情，流动的美。不纤巧，不做作，不过分修饰，一任自然，心手相印，表现得素朴而亲切。作品成功是必然的。可是得到"赞美"不是艺术家最终的目的，应当还有一点更深的意义。我意思是如果一种可怕的庸俗实际主义，正在这个社会各组织各阶层间普遍流行，腐蚀我们多数人做人的良心，做人的理想，且在同时把许多人都有形无形市侩化。社会中优秀分子一部分，所梦想，所希望，也都只是糊口混日子了事，毫无一种较高的情感，更缺少用这情感去追求一个美丽而伟大的道德原则的勇气时，我们这个民族应当怎么办？若大学生读书目的，不是站在柜台边作行员，就是坐在公事房作办事员，脑子都不用，都不想，只要有一碗饭吃就算有了出路。甚至于作政论的，作讲演的，写不高明讽刺文的，习理工的，玩玩文学充文化人的，办党的，信教的，……出路也都是只顾眼前。大众眼前固然都有了出路，这个国家的明天，是不是还有希望可言？我们如真能够像卢先生那么静观默会天空的云彩，云物的美丽，也许会慢慢的陶冶我们，启发我们，改造我们，使我们习惯于向远景凝眸，不敢堕落，不甘心堕落。我以为这才像是一个艺术家最后的目的。正因为这个民族是在求发展，求生存，战争了已经三年。战争虽败北，不气馁，虽死亡万千人民，牺牲无数财富，亦仍然能坚持抗战，就为的是这战争背后还有个庄严伟大的理想，使我们对于忧患之来，在任何情形下都能忍受。我们其所以能忍受，不特是我们要发展，要生存，还要为后来者设想，使他们活在这片土地上，更好一点，更像人一点！我们责任那么严重而且又那么困难，所以不特多数知识分子必然要有一个较坚朴的人生观，拉之向上，推之向前，就是做生意的，也少不了需要那么一分知识，方能够把企业的发展与国家的发展，放在同一目标上，分道并进，异途同归。

举一个浅近的例来说说：我们的眼光注意到"出路""赚钱"以外，若还能够估量到在滇越铁路的另一端，正有多少鬼蜮成性阴险狡诈的木屐儿，圆睁两只鼠眼，安排种种巧计阴谋，在武力与武器无作用地点，预备把劣货倾销到昆明来，且把推销劣货的责任，要派给昆明市的大小商家时，就知道学习注意远处，实在是目前一件如何重要的事情！照相必选择地点，取准角度，方可望有较好成就。做人何尝不是一样。明分际，识大体，"有所不为"，敌人虽花样再多，劣货在有经验商家的眼中,总依然看得出。取舍之间是极容易的。若只图发财,见利忘义,"无所不为",日本货变成国货,改头换面,不过是翻手间事!劣货推销仅仅是若干有形事件中之一种。此外各层知识阶级中不争气处,所作所为,实有更甚于此者。

所以我觉得卢先生的摄影,不只是给人看看,还应当引人深思。

一九四○年昆明

选自《沈从文散文》,人民文学出版社二○○七年三月版

凤凰观景山

　　我不懂艺术，又不会作画，可是从小生长在湘西苗区一个小小山城中，周围数十里全是山重山，只临到城边时，西边一点才有一坝平田出现，城东南还是群峰罗列。一年四季随同节令的变换，山上草木岩石也不断变换颜色，形成不同画面，浸入我的印象中，留下种种不同的记忆，六七十年后，还极其鲜明动人，即或乐意忘记也总是忘不了。特别是靠城东南边那个观景山，因为山上原本是个山寨，下边有座本地人迷信集中的天王庙，山寨实际控制着全县城，上面原住了一排属于辰沅永靖兵备道的绿营战兵。站在山寨石头垒成的碉楼上，远望西边可及平田尽头的雷草坡一带，远处山坡动静，和那些二百年前设立在近郊远近山头的碉堡安危情况，近则城北大河，及对河苗乡一切，也遥遥在望。城南地势逐渐上升，约二里后直达一个山口，设有重兵把守，名叫"茶叶坡"。我还记得我极小时，听父亲说过，祖父沈毛狗和叔祖父，从七十里出朱砂的大峒岔逃荒到县城时，已及黄昏，走长路太累，坐在关前歇歇，觉得极冷，用手摸摸，才明白路旁全是人头，比我在辛亥前夕所见，显然更多百十倍。不到三千户人家的小山城，一个兵备道管辖下，就有三千多战守兵设防，主要作用就是杀造反的人！

观景山在我作顽童时代，看来已失去了它的作用，但是照旧还设立有几户守兵，专管晚上全城治安，有老兵轮流在上面打更司柝。城里照习惯，每街都设有栅栏门，到二更后就断绝行人。由本街居民出钱，雇有专人打更守夜。换班换点，多凭山上的更点作准，才不至于误时。或城中某街失火走水，山上守兵就摇梆子告警。一切还保留百年前一点旧制度、旧习惯，让人体会到这地方在前一世纪原本是个大军营。定下许多维持治安的办法，直到辛亥以后才取消。

这个观景山近城一面被一片树木包围着，上面有大几百株三四人才能合抱的皂角木、枫香树、香楠树及灯笼花古树，树高可能达二十余丈，各自亭亭上耸天半。有落叶乔木，也有四季常青的乔木。初春发荣时，树干必先湿湿的，随后树上才各自呈现各种不同程度的嫩绿色，或白茸茸一片灰芽，多竞秀争荣，且常常在树上就分出等级来。再不多久，能开花的就依次开花，使得小山城满城都浸在一种香气馥郁中。

先是冬晴天气中，每个人家两侧上耸高墙和屋脊上，必有成群结伙的八哥鸟，自得其乐的在上面歌唱聒吵，有时还会摹仿各种其他雀鸟的鸣声,到春天来时,即转向郊外平田飞去,跟着犁田的水牛身后吃蚯蚓,或停在耕牛背上或额角间休息。人家屋脊上已换了郭公鸟,天明不久就孤独地郭公郭公叫个不停。后来才知道是古书上的"戴胜"。春雷响后,春雨来时,郭公也不见了。观景山则已成一片不同绿色,作成丰丰茸茸的大画屏。有千百鸣声清脆的野画眉,在春光中巧转舌头。随后是鸣声高亢急促,尖锐悲哀的杜鹃,日夜间歇不停的××①,尤其是在春雨连绵的深夜里,这种有情怪鸟鸣声特别动人。住在城中半夜里,唯一可听到远处杜鹃凄惨的叫声,时间可延长到夏初。早上则住城内的最多是燕子,由衔泥砌窠到生子"告翅",呢呢喃喃迎来了春夏。

至于出城,山上鸟雀之多可就无从计数了。我的故乡是出锦鸡的地方,一身毛色奇美,叫声××②。

大型鸟类,则数一身明黄的青鸟,在寂静中一声"勾嘟亢当",极容易引人到一种梦境清寂中去。各种啄木鸟声,于夏初树林中,也是一种有趣的声音。这类鸟虽不会叫,形状却十分别致,总是用两只爪子抓定面前树干,许多人家都畜养在笼中,供孩子们取乐。直到抗战时期,每只市价还不过一元中央票。(山上)还多"金不换"鸟,比锦鸡小些,也宜于笼养。最善反复自呼其名,有的能延续到三十次以上,才乐意休息。

---

①② ××:作者未想好恰当的拟音字。

我倒欢喜那些不受豢养的鸟类，如夏天傍晚时在田禾深处咕咕咕咕直啼唤的秧鸡，全身乌黑，行动飞快，声音虽极单纯，调子可极特别，若当大白天则一声不响。大白天多的是竹林中的画眉鸟，或锐声长呼"婆婆酒醉""婆婆酒醉归"，等到人逼近时，才一哄飞散，可是在另外竹林中，又复重新放歌。这种画眉本地人或叫竹雀，或叫洋画眉。

另外还有种土鹦哥，形象极不美观，一身毛色也只灰扑扑的，且显得野性习惯，顽劣无以复加。乡下人设套捉来时，放竹笼中，初初不吃不喝，拒绝饮食，且必碰笼，直到头部茸毛脱尽仍不屈服。可是懂它的脾气的乡下人，总尽它生气，碰得个毛血淋漓精疲力尽，又渴又饥时，才再给它一点水喝，和米头子吃。过十天半月，就慢慢的转变了。平时声音还是哑嘶嘶的，且极单纯，再过一阵，你才会发现它的聪明天赋。特别是善于摹仿别的鸟声，以至于猫儿声音、小孩子哭声，远比真正红嘴绿色鹦哥或八哥还伶俐懂事，领会别的生物声音能力还强，学来更逼真。一到和人表示亲善后，就特别亲人。本城里多的是军人，在镇道两衙署当公差的军人，真正公事并不多，却善于栽花养鸟。我还记得和我近邻那个滕老四，家中养得有八哥和土鹦哥，滕老四上街时，经常就提了个竹丝鸟笼，那只土鹦哥却在他肩头上站立，有时又远远飞去，等待主人。

选自《凤凰集》，岳麓书社一九九二年十二月版

昆明冬景

　　新居移上了高处，名叫北门坡，从小晒台上可望见北门门楼上用虞世南体写的"望京楼"的匾额。上面常有武装同志向下望，过路人马多，可减去不少寂寞！我的住屋前面是个大敞坪，敞坪一角有杂树一林。尤加利树瘦而长，翠色带银的叶子，在微风中荡摇，如一面一面丝绸旗帜，被某种力量裹成一束，想展开，无形中受着某种束缚，无从展开。一拍手，就常常可见圆头长尾的松鼠，在树枝间惊窜跳跃。这些小生物又如把本身当成一个球在空中，抛来抛去，俨然在这种抛掷中，就能够得到一种生命自足的乐趣，一种从行为中证实生命存在的欢欣。且间或稍微休息一下，四处顾望，看看它这种行为能不能够引起其他生物的注意。或许会发现，原来一切生物都各有它的"心事"。那个在晒台上拍手的人，眼光已离开尤加利树，向虚空凝眸了。虚空一片明蓝，别无他物。这也就是生物中之一种，"人"，多数人中一种人，目前对于生命存在的意义。他的想象或情感，正在不可见的一种树枝间攀缘跳跃，同样略带一点惊惶，一点不安，在时间上转移，由彼到此，始终不息。他是三月前由沅陵坐了二十四天的公路汽车，才独自来到昆明的。

敞坪中妇人孩子虽多，对这件事却似乎都把它看得十分平常，从不曾有谁将头抬起来看看。昆明地方到处是松鼠。许多人对于这小小生物的知识，不过是捉把来卖给"上海人"，值"中央票子"两毛钱到一块钱罢了。站在晒台上的那个人，就正是被本地人称为"上海人"，花用中央票子，来昆明租房子住、工作、过日子的。住到这里来近于凑巧，因为凑巧反而不会令人觉得希奇了。妇人多受雇于附近一个小小织袜厂，终日在敞坪中摇纺车纺棉纱。孩子们无所事事，便在敞坪中追逐吵闹，拾捡碎瓦小石子打狗玩。敞坪四面是路，时常有无家狗在树林中垃圾堆边寻东觅西，鼻子贴地各处闻嗅，一见孩子们蹲下，知道情形不妙，就极敏捷的向坪角一端逃跑。有时只露出一个头来，两眼很温和的对孩子们看着，意思像是要说："你玩你的，我玩我的，不成吗？"有时也成。那就是一个卖牛羊肉的，扛了个木架子，带着官秤，方形的斧头，雪亮的牛耳尖刀，来到敞坪中，搁下架子找寻主顾时。妇女们多放下工作，来到肉架边，讨价还钱。孩子们的兴趣转移了方向，几只野狗便公然到敞坪中来，由经验提高了警惕，先是坐在敞坪一角便于逃跑的地方，远远的看热闹。其次是在一种试探形式中，慢慢的走近人丛里来。直到忘形挨近了肉架边，被那羊屠户见着，扬起长把手斧，大吼一声"畜生，走开！"方肯略略走开，站在人圈子外边，用一种非常诚恳非常热情的态度，略微偏着头，欣赏肉架上的前腿，后腿，以及后腿末端那条带毛小羊尾巴，和搭在架旁那些花油。意思像是觉得不拘什么地方都很好，都无话可说，因此它不说话。它在等待，无望无助的等待。照例妇人们在集群中向羊屠户连嚷带笑，加上各种"神明在上，报应分明"的誓语，这一个证明实在赔了本，那一个证明买下它家用的秤并不大，好好歹歹作成了交易，过了秤，数了钱，得钱的走路，得肉的进屋里去，把肉挂在悬空钩子上。孩子们也随同进到屋里去时，这些狗方趁空走近，把鼻子贴在先前一会儿搁肉架的地面，闻嗅闻嗅，或得到点骨肉碎渣，一口咬住，就忙匆匆向敞坪空处跑去，或向尤加利树下跑去。树上正有松鼠剥果子吃，果子掉落地上。上海人走过来拾起嗅嗅，有"万金油"气味，微辛而芳馥。

早上六点钟，阳光在尤加利树高处枝叶间，敷上一层银灰光泽。空气寒冷而清爽。敞坪中很静，无一个人，无一只狗。几个竹制纺车瘦骨伶精的搁在一间小板屋旁边。站在晒台上望着这些简陋古老工具，感觉"生命"形式的多方。敞坪中虽空空的，却有些声音仿佛从敞坪中来，在他耳边响着。

"骨头太多了,不要这个腿上大骨头。"

"嫂子,没有骨头怎么走路?"

"曲蟮有不有骨头?"

"你吃曲蟮?"

"哎哟,菩萨。"

"菩萨是泥的木的,不是骨头做成的。"

"你毁佛骂佛,死后会入三十三层地狱,磨石碾你,大火烧你,饿鬼咬你。"

"活下来做屠户,杀羊杀猪,给你们善男信女吃,做赔本生意,死后我会坐在莲花上,只往上飞,飞到西天一个池塘里,洗个大澡,把一身罪过,一身羊臊血腥气,洗得个干干净净!"

"西天是你们屠户去的?白做梦!"

"好,我不去让你们去。我们做屠户的都不去了,怕你们到那地方肉吃不成!你们都不吃肉,吃长斋,将来西天住不了,急坏了佛爷,还会骂我们做屠户的不会做生意。一辈子做赔本生意,不光落得人的骂名,还落个佛的骂名。肉你不要,我拿走。"

"你拿走好!肉臭了看你喂狗吃。"

"臭了我就喂狗吃,不很臭,我把人吃。红焖好了请人吃,还另加三碗包谷烧酒,怕不有人叫我做伯伯、舅舅、干老子。许我每天念《莲花经》一千遍,等我死后坐朵方桌大金莲花到西天去!"

"送你到地狱里去,投胎变一只蛤蟆,日夜哗哗呱呱叫。"

"我不上西天,不入地狱。忠贤区区长告我说,姓曾的,你不用卖肉了吧,你住忠贤区第八保,昨天抽壮丁抽中了你,不用说什么,到湖南打仗去。你个子长,穿上军服排队走在最前头,多威武!我说好,什么时候要我去,我就去。我怕无常鬼,日本鬼子我不怕。派定了我,要我姓曾的去,我一定去。"

"××××××××"

"我去打仗,保卫武汉三镇。我会打枪,我亲哥子是机关枪队长!他肩章上有三颗星,三道银边!我一去就要当班长,打个胜仗,我就升排长。打到北京去,赶一群绵羊回云南来做生意,真正做一趟赔本生意!"

接着便又是这个羊屠户和几个妇人各种赌咒的话语。坪中一切寂静,远处什么地方有军队集合,下操场的喇叭声音在润湿空气中振荡,静中有动。他心想:

"武汉已陷落三个月了。"

屋上首一个人家白粉墙刚刚刷好,第二天,就不知被谁某一个克尽厥职的公务员看上了,印上十二个方字。费很多想象把字认清楚后,更费很多想象把意思也弄清楚了。只就中间一句话不大明白,"培养卫生"。这好像是多了两个字或错了两个字。这是小事。然而小事若弄得使人糊涂,不好办理,大处自然更难说了。

一会儿，带着小小铜项铃的瘦马，驮着粪桶过去了。

一个猴子似的瘦脸嘴人物，从某个人家小小黑门边探出头来，"娃娃，娃娃"，娃娃不回声。见景生情，接着他自言自语说道："你哪里去了？吃屎去了？"娃娃年纪已经八岁，上了学校，可是学校因疏散下了乡，无学校可上，只好终日在敞坪里煤堆上玩。"煤是哪里来的？""从地下挖来的。""作什么用？""可以烧火。"娃娃知道的同一些专门家知道的相差并不很远。那个上海人心想："你这孩子，将来若可以升学，无妨入矿冶系。因为你已经知道煤炭的出处和用途。好些人就因那么一点知识，被人称为专家，活得很有意义！"

娃娃的父亲，在儿子未来发展上，却老做梦，以为长大了应当作设治局长，督办，——照本地规矩，当这些差事很容易发财，发了财，买下对门某家那栋房子。上海人越来越多了，到处有人租房子，肯出大价钱，押租又多。放三分利，利上加利，三年一个转。想象因之而丰富异常。

做这种天真无邪的好梦的本地人恐怕正多着，这恰好是一个地方安定与繁荣的基础。

提起这个会令人觉得痛苦，是不是？不提也好。

因为你若爱上了一片蓝天，一片土地，和一群忠厚老实人，你一定将不由自主地嚷："这不成！这不成！天不辜负你们这群人，你们不应当自弃，不应当！得好好的来想办法！

你们应当得到的还要多,能够得到的还要多!"

于是必有人问:"先生,你这是什么意思?在骂谁?教训谁?想煽动谁?用意何居?"

问的你莫名其妙,不特对于他的意思不明白,便是你自己本来的意思,也会弄糊涂的。话不接头,两无是处。你爱"人类",他怕"变动"。你"热心",他"多心"。

"美"字笔画并不多,可是似乎很不容易认识。"爱"字虽人人认识,可是真懂得他意义的人却很少。

一九三九年二月

选自《沈从文选集》,四川人民出版社一九八三年五月版

游二闸

到晚来,料不到的是天气会骤变,天空响了雷,催来了急雨。人坐在灯下,听到院中雷声雨声的喧闹,像是两人正在那里争持一种两可的意见,怀想着二闸及二闸一切,正因为有雨声雷声,人反而更觉寂寞了。

这时的二闸,是不是也正落着像有人在半空用瓢浇下的雨,是使人关心的事。无论雨是否落到了二闸,凡是日间在闸下,那些赤精了身体,钻到水瀑下面去摸游客掷下铜子的小孩,想来大概都全回家了。家中有着弟妹的,或者还正将着日间从水里摸到的铜子,炫耀给那弟弟妹妹看。弟妹伸手要,但不成,这是自己的,于是,抱在做母亲的手上更小的孩子哭了。于是,做母亲的赏哥哥一掌,于是大的也哭起来。从这种推想下,我便依稀听到一种急剧的短而促的孩子的哭声,深深悔我当时的吝啬。多掷下铜子数枚,在我不过少坐一趟车,在别人家庭，不是就可以免掉那不必起的争端么？也许其中还有那无父无母的孤儿，这时就正把从我们手下得来的铜子，向附近小铺了买了烧饼在那庙门下嚼吧。也许在这些孩子当中，有着那病瘫的母亲，其中孩子的一个，这时就正在他母亲炕前跪着呈奉那一枚铜子，领受那病人瘦手在脸部抚摩吧。也许有空手转家去的孩子，到家时，正为父亲责着，说是生来无用，抢不得一钱，挨着骂，低头在灶边吃窝窝头。也许还有用这钱供家中赎当。……在各式各样的想象下，都使我深悔不多给这些孩子一点钱。我且奇怪起我自己来，为什么当时明明见到这些人伸手，就能毅然不理，且装着滑稽口吻，向这些人连说"回头见！"若这些孩子，这时还能想到游客中的我们，对我们有所抱怨，也是自然而且应该的事情。

孩子们对这雷雨是喜悦还是忧愁，也使我关心。落了雨，闸下水瀑益大，来二闸玩看水瀑的人当益多，则可以从各种娱乐游客的技艺中多得些铜子，看来孩子们应当感谢这天气的骤变了。

然而一落雨，河里的水当更冷。天气已近到深秋，适宜于裸着身子在瀑下钻来爬去的时期似乎已过去。纵有多数游人乐于把钱掷到瀑里去，下水淘摸不已变成一件苦事么？并且，跟着这秋来的便是那能将一切凝成冰冻的冬天，到了瀑水溪河全结了薄冰以后，这些孩子们，又将什么来供游二闸人娱乐以自娱？推冰车冰船吧，这又不是一个不到十二岁的孩子们的事。如果这时我还有那往游二闸的兴趣，大概可以见着他们站在闸堤旁缩成一团很无聊的望那冬景了。住在二闸左右的人家，似乎没有一家称得起中产小康的。那萧条景色，到春天还没有能改变过来，这些孩子们，自然也不会有受教育机会了。运河恢复清以来旧观，已是本地人所不敢梦想的事。二闸纵有着一点空名，足以在春夏二季吸引一些好事的人的游踪，然二闸在天然淘汰下，亦只有日复一日萧条下去了！这些孩子，眼见的还有着那比自己更小的一辈，正在努力学着泅水学着打伞子①，以图来年夏季的发财。大一点的，将渐渐长大，若不去务农，总仍然是在划船赶骡两种职业上找到他的终身浪荡生活。但小一点的，到可以从高堤坎上翻筋斗下掷的年龄，又来供谁开心？并且，那新补了父兄划船职业的纤手舵手青年男子，对于他的职业是不是还能像今天那掌舵汉子对于生活的乐观？到那时，船上所载的，总不外乎粪肥、稻草、干柴、芦苇束之类，再要白脸新衣的学生，花两毛钱到这船上来嗅这微臭的空气，把船在这从北京流出的阳沟水面上缓缓的驶行，是办得到的事么？

从这个小小地方，想到国内许多种人许多事业，在社会进化过程中消沉灭亡的情形，见到这一类人无可奈何的只能在这旧的事业、在这一小块土地上，艰难地度过他们的终生，

---

① 打伞子：即潜水。

心中为一种异样惨戚所浸溺，觉得这些人的命运，正和中国我所知道的大小城市乡村的孩子命运差不多，不会有什么前途可言。

到了二闸玩一天，要像许多许多人，记那一个城里人下乡的记录，且赞美着说是秋来天色草木如何如何美，这在我是不可能的事。北京的天气，不拘何时都很容易见到那种四望无边如同一块月蓝竹布天幕的。因为昨夜的雨把空气滤过一道，空中无灰尘，纵着微风，人也不难受。公寓中我住的是东屋，太阳早上晒不着，颇觉冷，一出城，则疑心这是春天刚完的初夏，背当着太阳，就渐渐的发热了。

沿着铁轨从崇文门到东便门，又沿着运河从东便门到了二闸，是步行去的。陪着我走的，有也频[①]和他的同伴。这一次，算我们今年来走得最远的一次散步了。在另一个时期中，我能负背囊全套及子弹二十八排，另外加扛一支曼利夏五响枪，每日随到大队走八十里路，并且一连走六天，把我自己以及一个头等兵的家业从我本乡运到川东去。这事情，在近来谈及，不知不觉就要采用一点骄傲朋友兼自炫其英雄的口气了。因为自从来到北京后，我的生活只给了我在桌边尽呆的机会，按照那"一种能力久久不用便归消灭"的一条自然规律，我的行路本事在我自己看来就早已失去了。今天居然走到了二

[①] 也频：即胡也频（1903—1931），中国作家，"左联五烈士"之一。

闸，腿膝又还似乎并不十分倦，我又觉得多少我还保留一些旧日的本领！

走到后，一切同前年，水同两岸的房子，全是害着病一样。若是单把这些破旧房子陈列在眼前，教人分不出时季。冬天这些门前也是有着那粪肥味与干草味，小小的成群飞着的虫子，似乎是在春夏秋三个节候里都还存在。光身的蹲在补锅匠的炉边看热闹的小孩子，见了人来就把眼睛睁得多大，来看这些不认识的体面的来客。船夫在我们身上做起小小的梦了。赶骡人在我们身上做起梦来了。孩子们有些本来披着衣服在闸上蹲着望水的，开始脱下一切沿着那堤坎旁边一株下垂的树跳下水去了。因了我们来此，至少有二十个人做着发"小洋财"的好梦。这些梦，在各人脸上，在各人和蔼的话语里，在一切叫嚷空气中，都可以看出。

在闸边稍呆一会儿，于是便有个很有礼貌的孩子挨到身边来，说有一毛钱，便可以从这三丈高的堤上下掷到水中。可我们并不需要瞧的。于是这孩子又致词，说是把钱掷丢到水瀑下去，哥儿们能找到。也频按照他的建议，试掷了一钱，即刻便为一个猴儿精小子把钱用口衔着了。再掷了一钱，便又见到这四个五个如同故事上所传海和尚一样的孩子钻进瀑下去即刻又出来。

"先生，你把你那银角子扔下去，呆会儿，大家就全下水了。"

全下水，总有二十个以上吧。一枚铜子有四人竞争，一枚银角便有二十人抢夺，从这里我可以了解钱在此地的意义。十个二十个人全下水，万一因抢夺不已，其中一个为水所淹没，怎么办？为了莫太使那大一点的狡猾的孩子得意，也频虽身边有钱也不掷了。但为了莫过分给那不中用的孩子失望，我故意把钱抛到较浅水中去，待到最小那一个口中也衔着一枚铜子时，我们跳上回头的船了。

我们还为他们带了一些欢喜来，这是我们先前所想不到的。但是像这种天气，能够从城中为二闸的人带些小小幸福来，人像是已越来越少了。因此到了那铁桥边遇到第二批四个男女学生模样的人时，我就为那些孩子高兴。

"怎么二闸这样荒凉地方也值得人称道？"

这疑惑，在我心上咬着，如同陶然亭一样，我真不明白。此时得我们的舵公给了一个详确解释了。

这老者，一面不忘用两手捐着那可怜舵把——舵把用"可怜"字样，不是我夸张，我总疑心那是别个人家废辘轳上一段朽木头。——他说道：

"先前几年，虽不算热闹，但并不荒凉，一年四季来这玩的人多着啦。"

"怎么来？"我问，想得到这原由。"说不定这又同三官庙、鹦鹉冢一样，因为是有着公主或郡主属于女子一类艳闻传说而来的。"我心想。

第二章　今朝风日好

话匣子，先是只揭去封条，如今可为我给掀开盖子了。除了用一些话帮助他叙述下去以外，我们用手扶着船棚架子只是静静听。

从他口中我们才知道，以前运粮大船，长达十来丈。一些生长在北方的老乡，单为看船，也就有走到二闸一趟的需要了。那时内城既"闲人免入"，其他如戏场、市场、天桥又全不曾有什么玩的地方，所以把喝茶一类北方式的雅兴全部寄托到这运河最后一段的二闸，也是自然的结果。因此我们又才明白二闸赋予北京人的意义，且寓雅俗共赏的性质，比之陶然亭，单在适于新旧诗迷作诗却大不相同。

关于这运河，那老者说，这对清室也还有一种用意。粮食何必得拨来拨去？从通州到此还得拨粮五次才入京，比陆路更费。然而为了这里的闲人着想，使之既不至因无工作而缺食，又不至徒邀恩而懒废，故这条河在京奉路通车以后还有物可运。宣统皇帝退了位，就没有人想到此事了。这老者对于满人政治手段当然是同意，可没有说到这一批船户一批靠运河吃饭的人改业以后怎么样，但从靠接送游人的船生意萧条上看，也就可想而知，随了地方的衰败以后凋落不少门户了。我略一闭目，就似乎见到一只八丈九丈长的崭新运粮船从后面撑来，同我们的船并排前进，一支高高的桅子竖起，拉船是用一百个纤手。这些纤手多穿着新蓝布长衫，头上是红缨帽子，有些还能从容取出荷包里的鼻烟壶，倒出一小撮褐色粉末向鼻孔里按。又有一人，在船舷上站立，这人职位应属于游击、参将一类，穿的衣服戴的帽子都极其鲜明，手上还套了一个碧玉扳指，这人便是我从书上知道的运粮官。又有一个人，穿戴把总衣帽，马蹄袖子翻卷起，口上轻轻骂着纯京腔的"混账忘八蛋"一类官场中的雅言督促着纤夫。这人是正两手把着舵（舵的把手当然雕刻的是犀牛、独角兽那类能够分水的怪兽的头）。这人脸相便是此刻我们船上这位老艄公脸相，不过年轻得多。河中的水也还清澄，可以见鱼鳖在水藻内追逐。……我正记得分明我们船上也正有着一位同样好看品貌的"舵把子"时，微细的风送来一阵河水的臭味，那大的运粮船便消失了。

我心想，可惜这运粮船，也频和他的同伴都无缘能看见，独自己是俨然欣赏一番了，就不觉好笑，也许也频在虚空中所见到的是另一种式样的船吧。因为当那艄公在述及那大船来去时，也频的眼正微闭，似乎在他自己脑中用着艄公所给的材料，也建筑了一只合于经验的船啊！

用一些无所事事的小孩子，身子脱得精光，把皮肤让六月日头炙得成深褐，露着两列白白的牙齿，狡猾地从水中冒出头来讨零钱，代替了大批运粮船来去供人的观览，二闸的寂寞，在那艄公心上骡夫心上都深深的蕴藉着！当我想到这些人，只在天气的恩惠下得一毛两毛钱，度着无聊无赖的生活，心上也就觉得有颇深的寂寞了。在今年，我们什么时候再能来到二闸玩玩？单是记着临下船时那一句"回头见"套话，似乎在最近一个月内我们还应重来一次。

"大通桥的鸭子——各分各帮。"

多给了二十枚酒钱，得到了二闸人奉赠的一句土话。在大通桥下的白色大鸭子，的确像是能够各找到各的队伍，到时便会从容分开的。我们同二闸也分开了。回到北京城来，在一些富人贵人得意男女队伍中驻足，我总是自觉人是站在另外一边样子的。二闸人倘若有那闲思想，能够想到今天日里来二闸玩的我们，又不知道要以为我们同他那里的世界距离有多远了。

在这雨声中，这一帮的人念到那一帮的人，同做不经常的梦一样。说不定有人也正把那充满善意的思念系在我这一边！

一九二七年九月二十二日深夜作完
选自《沈从文文集》，花城出版社一九八四年二月版

春游颐和园

北京建都有了八百年历史。劳动人民用他们的勤劳和智慧，在北京城郊建造了许多规模宏大建筑美丽的宫殿、庙宇和花园，留给我们后一代。花园建筑规模大，花木池塘富于艺术巧思，设备精美在世界上也特别著名的，是二百多年前乾隆时在西郊建筑的"圆明园"。这个著名花园，是在九十多年前就被帝国主义者野蛮军队把园里面上千栋房子中各种重要珍贵文物及一切陈设大肆抢劫后，有意放一把火烧掉了的。花园建筑时间比较晚的，是西郊的颐和园。部分建筑乾隆时虽然已具规模，主要建筑群却在一百年前才完成。修建这座大园子的经济来源，是借口恢复国防海军从人民刮来的几千万两银子，花园作成后，却只算是帝王一家人私有。

直到北京解放，这座大花园才成为人民的公共财产。颐和园的游人数字是个证明：一九四九年二十六万六千八百多人次，一九五五年达到一百七十八万七千多人次。二十年前游颐和园的人，常常觉得园里太大太空阔。其实只是能够玩的人太少，所以到处总是显得空空的。许多地方长满了荒草，许多建筑也摇摇欲坠，游人不敢走去。现在一般印象总觉得园子不太大。颐和园那条长廊，虽然已经长约三里路，现在每逢星期天游人就挤得满满的，即再加宽加长一两倍，也还是不够用。

春天来，颐和园花木都逐渐开放了，每天除了成千上万来看花的游人，还有许多自城郊学校来的少先队员，到园中过队日郊游，进行各种有益身心的活动。满园子里各处都可见到红领巾，各处都可听到建设祖国接班人的健康快乐的笑语和歌声。配合充满生机一片新绿丛中的鸟语花香，颐和园本身，因此也显得更加美丽和年青！

凡是游颐和园的人，在售票处购买一册介绍园中景物的说明书，可得到极多帮助。只是如何就可用比较经济的时间，把颐和园重要地方都逛到呢？我想就我个人过去几年在这个大园子里转来转去的经验，和园子里建筑花木在春秋佳日给我的印象，概括地说说，作为游园的参考。

我们似可把颐和园分成五个大单位去游览。

第一是进门以后的建筑群。这个建筑群除中部大殿外，计包括东边的大戏楼和西边的乐寿堂，以及西边前面一点的玉澜堂。玉澜堂相传是光绪被慈禧太后囚禁的地方，院子和其他建筑隔绝自成一个小单位。到这里来的人，还可从门口的说明牌子，体会到近六十年历史一鳞一爪。参观大戏台，得往回路向东走。这个戏台和中国近代戏曲发展史有些联系，六十年以前，中国京戏最出色的演员谭鑫培、杨小楼，都到这台上演过戏。戏台上下分三层，还有个宽阔整洁的后台和地下室，准备了各种机关布景。例如表演《孙悟空大闹天宫》或《白蛇传·水漫金山寺》时，台上下到必要时还会喷水冒烟。演员也可以借助于技术设备，一齐腾空上升，或潜入地下，隐现不易捉摸。戏台面积比看戏的殿堂大许多，原因是这些戏主要是演给专制帝王和少数贵族官僚看的。演员百余人在台上活动，看戏的可能只三五十人。社会在发展中，六十年过去了，帝王独夫和这些名艺人十之九都已死去。为人民爱好的艺术家的绝艺，却继续活在人们记忆中，由于后辈的学习和发展，日益光辉而充实以新的生命。由大戏楼向西可到乐寿堂。这是六十年前慈禧做生日大排寿筵的地方。颐和园陈设中，有许多十九世纪显然见出半殖民地化的开始的恶俗趣味处，就多是当时在广东上海等通商口岸办洋务的奴才，为贡谀祝寿而作来的。也有些是帝国主义者为侵略中国的敲门砖。中国瓷器中有一种黄绿釉绘墨彩花鸟，多用紫藤和秋葵作主题，横写"天地一家春"的款识的，也是这个时期的生产。乐寿堂庭院宽敞，建筑虽不特别高大，却显得气魄大方。本院和西边一小院，春天时玉兰和海棠都开得格外茂盛。

第二部分是长廊全部和以排云殿、佛香阁为主体，围绕左右的建筑群。这是目下全个园子建筑最引人注意部分，也是全园的精华。有很多建筑小单位，或是一个四合院，或是一组列房子，内部布置得都十分讲究。花木围廊，各具巧思。但是从整体或部分说来，这个建筑群有些只是为配风景而作的，有些宜近看，有些只合远观。想总括全部得到一个整体印象，得租一只小游船，把船直向湖中心划去，再回过头来，看看这个建筑群，才会明白全部设计的用心处。因为排云殿后面隙地不多，山势太陡，许多建筑不免挤得紧一点。如东边的转轮藏，西边的另一个小建筑群，都有点展布不开。正背后的佛香阁，地势更加迫促。虽亏得聪明的建筑工人，出主意把上佛香阁的路分作两边，作"之"字形盘旋而上，地势还是过于迫促。更向西一点的"画中游"部分建筑，也由于地面窄狭，作得格外玲珑小巧。必须到湖中看看，才明白建筑工人的用意，当时这部分建筑，原来就是为配合全山风景作成的。船到湖中心时向南望，在一平如镜碧波中的龙王庙和十七孔虹桥，都若十分亲切的向游人招手："来，来，来，这里也很有意思。"从这里望万寿山，距离虽远了点，可是把那些建筑不合理印象也忽略了。

　　第三部分就是湖中心那个孤岛上的建筑群，龙王庙是主体。连接龙王庙和东墙柳阴路全靠那条十七孔白石虹桥，长年卧在万顷碧波中，背景是一片北京特有的蓝得透亮的天空，真不愧叫作人造的虹。这条白石桥无论是远看，近看，或把船摇到下边仰起头来看,或站在桥上向左右四方看,都令人觉得满意。桥东有个大亭子,未油漆前可看出木材特别讲究,可能还是两百年前从南海运来的。岸边有一只铜牛,卧在一个白石座上,从从容容望着湖景,望着远处西山,是两百年前铸铜工人的创作。

第四部分是后山一带,建筑废址并不少,保存完整的房子却不多。很显明是经过历史事变的痕迹没有修复过来。由后湖桥边的苏州街遗址,到上山的一系列殿基,直到半山上的两座残塔,这部分建筑也是在圆明园被焚的同时焚毁的。目下重要的是有好几条曲折小山路,清静幽僻,最宜散步。还有好几条形式不同的白石桥和新近修理的赤栏木板桥,湖水曲折地从桥下通过,划船时极有意思。

第五部分是东路以谐趣园做中心的建筑群,靠西上山有景福阁,靠北紧邻是霁清轩。这一组建筑群和前山大不相同,特征是树木比较多,地方比较僻静。建筑群包括有北方的明敞(如景福阁)和南方的幽趣(如霁清轩)两种长处。谐趣园主要部分是一个荷花池子,绕着池子有一组长廊和建筑。谐趣园占地面积不大,房子也因此稍嫌拥挤,但是那个荷花池子,夏天荷花盛开时,真是又香又好看。欢喜雀鸟的,这里四围树林子里经常有极好听的黄鸟歌声。啄木鸟声音也数这个地区最多。夏六月天雨后放晴时,树林间的鸟雀欢呼飞鸣,更是一种活泼生机。地方背风向阳处,长年有竹子生长。由后湖引来的一股活水，到此下坠五公尺，因此作成小小瀑布，夏天水发时，水声哗哗，对于久住北方平地的人，看到这些事物引起的情感，很显然都是新的。霁清轩地位已接近园中后围墙，建筑构造极其别致，小院落主要部分是一座四面明窗当风的轩，一株盘旋而上的老松树，一个孤立的亭子，以及横贯院中的一道小小溪流。读过《红楼梦》的人，如偶然到了这个地方，会联想起当年书中那个女尼妙玉的住处。还有史湘云醉眠芍药茵的故事，也可能会在霁清轩大门前边一点发生。这个建筑照全部结构说来，是比《红楼梦》创作时代略早一点。有人到过谐趣园许多次，还不知道面前霁清轩的位置，可知这个建筑的布置成功处。由谐趣园宫门直向上山路走，不多远还有个乐农轩，虽只是平房一列，房子前花木却长得极好。杏花以外丁香、梨花都很好。景福阁位置在半山上，这座重屋曲折"亚"字形的大建筑，四面窗子透亮，绕屋平台廊子都极朗敞。遇着好机会，我们可能会在这里看到一些面孔熟习的著名文艺工作者，电影、歌剧、话剧名演员，……他们也许正在这里和国际友人举行游园联欢会，在那里唱歌跳舞。

颐和园最高处建筑物，是山顶上那座全部用彩琉璃砖瓦拼凑作成的无梁殿。这个建筑无论从工程上和装饰美术上说来，都是一个伟大的创作，是近二百年的建筑工人和烧琉璃窑工人共同努力为我们留下的一份宝贵遗产。在建筑规模上，它并不比北海那一座琉璃殿壮丽，但从建筑兼雕塑整体性的成就说来，无疑和北京其他同类创作，如北海及故宫九龙壁、香山琉璃塔等等，都值得格外重视。上山的道路很多：欢喜热闹不怕累，可从排云殿后抱月廊上去，再从那几百磴"之"字形石台阶爬到佛香阁，歇歇气，欣赏一下昆明湖远近全景，再从后翻上那个众香界琉璃牌楼，就到达了。欢喜冒险好奇的，又不妨从后山上去。这一路得经过几层废殿基，再钻几个小山洞。行动过于活泼的游客，上到山洞边时，头上脚下都得当心一些，免得偶然摔倒。另外东西两侧还有两条比较平缓的山路可走，上了点年纪的人不妨从东路上去，就是从景福阁向上走去。半道山脊两旁多空旷，特别适宜于远眺，南边是湖上景致，北边园外却是村落自然景色，很动人。夏六月还是一片绿油油的庄稼直延长到西山尽头，到秋八月后，就只见无数大牛车满满装载黄澄澄的粮食向合作社转运。村庄前后也到处是粮食堆垛。

从北边走可先逛长廊，到长廊尽头，转个弯，就到大石舫边了。大石舫也是乾隆时作的，六十年前才在上面加个楼房，五色玻璃在当时是时髦物品。除大石舫外，这里经常还停泊有百多只油漆鲜明的小游艇出租。欢喜划船的游人，手劲大，可租船向前湖划去，一直过西蜂腰桥再向南，再划回来。那个桥值得一看。比较合式的是绕湖心龙王庙，就穿十七孔桥回来。那座桥远看只觉得美丽，近看才会明白结构壮丽，工程扎实，让我们加深一层认识了古代造桥工人的聪明和伟大。船向回划可饱看颐和园万寿山正面全部风景，从各个不同角度看去，才会发现绕前山那道长廊，和长廊外临水那道白石栏杆，不仅发生单纯装饰效果，且像腰带一样把前山建筑群总在一起，从水上托出，设计实在够聪明巧妙。欢喜从空旷湖面转入幽静环境的游人，不妨把船向后湖划去。后湖水面窄而曲折，林木幽深，水中大鱼百十成群，对小船来去既成习惯，因此也不大存戒心。后湖在秋天里的一个极短时期中，水面常常忽然冒出一种颜色金黄的小莲花，一朵朵从水面探头出来约两寸来高，花头不过一寸大小，可是远远的就可让我们发现。至近身时我们才会发现花朵上还常常歇有一种细腰窄翅黑蜻蜓，飞飞又停停，彼此之间似相识又似陌生。又像是新认识的好朋友，默默地又亲切地贴近时，还像有些腼腆害羞。一切情形和安徒生童话中的描写差不多，可是还要美丽一些，一时还没有人写出。这些小小金丝莲，一年只开花三四天，小蜻蜓从湖旁丛草间孵化，生命也极短暂。我们缺少安徒生的诗的童心，因此也难更深一层去想象体会它们生命中的悦乐处。见到这种花朵时，最好莫惊动采折，让大家看看。由石舫上山路，可经过"画中游"，这部分房子是有意仿造南方小楼房式做成，十分玲珑精致，大热天住下来不会太舒服，可是在湖中却特别好看。走到"画中游"才会明白取名的用意。若在春天四月里，园中好花次第开放，一切松柏杂树新叶也放出清香，这些新经修理装饰得崭新的建筑物，完全包裹在花树中，使得我们不能不对于创造它和新近修理它的木工、瓦工、彩画油漆工,以及那些长年在园子里栽花种树的工人,表示敬意和感谢。

颐和园还有一个地区,也可以作为一个游览单位计算,就是后山沿围墙那条土埂子。这地方虽近在游人眼前,可是最容易忽略过去。这条路是从谐趣园再向北走,到后湖尽头几株大白杨树面前时,不回头,不转弯,再向西一直从一条小土路走上小土山。那是一条能够满足游人好奇心的小路,一路走去可从荆槐杂树林子枝叶罅隙间清清楚楚看到后山后湖全景。小土埂上还种得好些有了相当年月的马尾松,松根凸起处,间或会有一两个年青艺术家在那里作画。地方特别清静,不会有人来搅扰他的工作。更重要还是从这里望出去,景物凑紧集中,如同一个一个镜框样子。若是一个有才能的年青画家,他不仅会把树石间色彩鲜明的红领巾,同水上游人种种活动,收入画稿,同时还能够把他们表示新生生命的笑语和歌声同样写入画中。其实这些画家在那里本身也像一幅画,可惜再找不出画他的人。

选自《沈从文选集》,四川人民出版社一九八三年五月版

第三章 相思无尽处

我坐的是后面,凡为船后的天、地、水,我全可以看到。我就这样一面看水一面想你。

在桃源

三三：

我已到了桃源，车子很舒服。曾姓朋友送我到了地，我们便一同住在一个卖酒曲子的人家，且到河边去看船，见到一些船，选定了一只新的，言定十五块钱，晚上就要上船的。我现在还留在卖酒曲人家，看朋友同人说野话。我明天就可上行。我很放心，因为路上并无什么事情。很感谢那个朋友，一切得他照料，使这次旅行又方便又有趣。

我有点点不快乐处，便是路上恐怕太久了点。听船上人说至少得四天方可到辰州[①]，也许还得九天方到家，这分日子未免使我发愁。我恐怕因此住在家中就少了些日子。但我又无办法把日子弄快一点。

---

① 辰州：即沅陵。

我路上不带书，可是有一套彩色蜡笔，故可以作不少好画。照片预备留在家乡给熟人照相，给苗老咪照相，不能在路上糟蹋，故路上不照相。

三三，乖一点，放心，我一切好！我一个人在船上，看什么总想到你。

我到这里还碰到一个老同学，这老同学还是我廿年前在一处读书的。

二哥
十二日下午五时

在路上我看到个帖子很有趣：

立招字人钟汉福，家住白洋河文昌阁大松树下右边，今因走失贤媳一枚，年十三岁，名曰金翠，短脸大口，一齿凸出，去向不明。若有人寻找弄回者，赏光洋二元，大树为证，决不吃言。谨白。

三三：我一个字不改写下来给你瞧瞧，这人若多读些书，一定是个大作家。

选自《湘行集》，岳麓书社一九九二年十二月版

小船上的信

　　船在慢慢的上滩,我背船坐在被盖里,用自来水笔来给你写封长信。这样坐下写信并不吃力,你放心。这时已经三点钟,还可以走两个钟头,应停泊在什么地方,照俗谚说:"行船莫算,打架莫看",我不过问。大约可再走廿里,应歇下时,船就泊到小村边去,可保平安无事。船泊定后我必可上岸去画张画。你不知见到了我常德长堤那张画不?那张窄的长的。这里小河两岸全是如此美丽动人,我画得出它的轮廓,但声音、颜色、光,可永远无本领画出了。你实在应来这小河里看看,你看过一次,所得的也许比我还多,就因为你梦里也不会想到的光景,一到这船上,便无不朗然入目了。这种时节两边岸上还是绿树青山,水则透明如无物,小船用两个人拉着,便在这种清水里向上滑行,水底全是各色各样的石子。舵手抿起个嘴唇微笑,我问他,"姓什么?""姓刘。""在这条河里划了几年船?""我今年五十三,十六岁就划船。"来,三三,请你为我算算这个数目。这人厉害得很,四百里的河道,涨水干涸河道的变迁,他无不明明白白。他知道这河里有多少滩,多少潭。看那样子,若许我来形容形容,他还可以说知道这河中有多少石头!是的,凡是较大的,知名的石头,他无一不知!水手一共是三个,除了舵手在后面管舵管篷管纤索的伸缩,前面舱板有两个人。其中一个是小孩子,一个是大人。两个人的职务是船在滩上时,就撑急水篙,左边右边下篙,把钢钻打得水中石头作出好听的声音。到长潭时则荡桨,躬起个腰推扳长桨,把水弄得哗哗的,声音也很幽静温柔。到急水滩时,则两人背了纤索,把船拉去,水急了些,吃力时就伏在石滩上,手足并用的爬行上去。船是只新船,油得黄黄的,干净得可以作为教堂的神龛。我卧的地方较低一些,可听得出水在船底流过的细碎声音。前舱用板隔断,故我可以不被风吹。我坐的是后面,凡为船后的天、地、水,我全可以看到。我就这样一面看水一面想你。我快乐,就想应当同你快乐;我闷,就想要你在我必可以不闷。我同船老板吃饭,我盼望你也在一角吃饭。我至少还得在船上过七个日子,还不把下行的计算在内。你说,这七个日子我怎么办?天气又不很好,并无太阳,天是灰灰的,一切较远的边岸小山同树木,皆裹在一层轻雾里,我又不能照相,也不宜画画。看看船走动时的情形,我还可以在上面写文章,感谢天,我的文章既然提到的是水上的事,在船上实在太方便了。倘若写文章得选择一个地方，我如今所在的地方是太好了一点的。不过我离得你那么远，文章如何写得下去。"我不能写文章，就写信。"我这么打算，我一定做到。我每天可以写四张，若写完四张事情还不说完，我再写。这只手既然离开了你，也只有那么来折磨它了。

我来再说点船上事情吧。船现在正在上滩，有白浪在船旁奔驰，我不怕，船上除了寂寞，别的是无可怕的。我只怕寂寞。但这也正可训练一下我自己。我知道对我这人不宜太好，到你身边，我有时真会使你皱眉，我疏忽了你，使我疏忽的原因便只是你待我太好，纵容了我。但你一生气，我即刻就不同了。现在则用一件人事把两人分开，用别离来训练我，我明白你如何在支配我管领我！为了只想同你说话，我便钻进被盖中去，闭着眼睛。你瞧，这小船多好！你听，水声多幽雅！你听，船那么轧轧响着，它在说话！它说："两个人尽管说笑，不必担心那掌舵人。他的职务在看水，他忙着。"船真轧轧的响着。可是我如今同谁去说？我不高兴！

梦里来赶我吧，我的船是黄的，船主名字叫作"童松柏"，桃源县人。尽管从梦里赶来，沿了我所画的小堤一直向西走，沿河的船虽万万千千，我的船你自然会认识的。这里地方狗并不咬人，不必在梦里为狗吓醒！

你们为我预备的铺盖，下面太薄了点，上面太硬了点，故我很不暖和，在旅馆已嫌不够，到了船上可更糟了。盖的那床被大而不暖，不知为什么独选着它陪我旅行。我在常德买了一斤腊肝，半斤腊肉，在船上吃饭很合式……莫说吃的吧，因为摇船歌又在我耳边响着了，多美丽的声音！

我们的船在煮饭了，烟味儿不讨人嫌。我们吃的饭是粗米饭，很香很好吃。可惜我们忘了带点豆腐乳，忘了带点北京酱菜。想不到的是路上那么方便，早知道那么方便，我们还可带许多宝贝来上面，当"真宝贝"去送人！

你这时节应当在桌边做事的。

山水美得很，我想你一同来坐在舱里，从窗口望那点紫色的小山。我想让一个木筏使你惊讶，因为那木筏上面还种菜！我想要你来使我的手暖和一些……

十三日下午五时

选自《湘行集》，岳麓书社一九九二年十二月版

泊兴隆街

船停到一个地方，名"兴隆街"，高山积雪同远村相映照，真是空前的奇观。我想拿了相匣子上去照一个相，却因为毛毛雨落个不停，只好不上岸了。这时还只三点四十分，一时不及断黑，雪不落却落小雨。我冷得很，但手并不木僵。南方的冷与北方不同，南方的冷是湿的，有点讨厌的。穿衣多也无用处。烤火也无用处。

我们的小船因为煮饭吃，弄得满船全是烟子，我担心我的眼睛会为烟子熏坏。如今便是在烟里写这个信的。一面写信，一面依然可以听麻阳人船上的橹歌。船走得太慢，这日子可不好过。上面的人不把日子当数，行船人尤其不明白日子的意义。天气既那么冷，我也不好说话。但多挨一天，在上面住的日子就扣去一天，你说，我多难受。

我还得告你，今天是我的生日！这个生日可过得妙，坐在一只小船上来想念你们，你们若算着日子，也一定想得起今天是我生日！我想同你说话，却办不到，我想同大家笑笑，也办不到。我只有同水手谈话，问长问短，弄得他们哈哈大笑。我还为他们称三斤肉吃。但他们全不知道我如何发急，如何想我的行程。我还想自己照个小相，也无法照。我不知道怎么办就好一点。实在不知道怎么办。

三三，你只看我信写得如何乱，你就会明白我的心如何乱了。我不想写什么，不想说什么。我手冷得很，得你用手来捏才好……这长长的日子，真不好对付！我书又太带少了，画画的纸又不合用，天气又坏，要照相不便照相。我只好躲在舱中，把纸按在膝上，来为你写信。三三，我现在方知道分离可不是年青人的好玩意儿。当时我们弄错了，其实要来便得全来，要不来就全不来。你只瞧，如今还只是四分之一的别离，已经当不住了，还有廿天，这廿天怎么办！？

十四　四点三十分

选自《湘行集》，岳麓书社一九九二年十二月版

忆麻阳船

天气还早得很,水手就泊了船,水面歌声虽美丽得很,我可不能尽听点歌声就不寂寞!我心中不自在。我想来好好的报告一些消息。从第一页起,你一定还可以收到这种通信四十页。

这时节正是五点廿五分,先前摇橹唱歌的那只大船已泊近了我的船边,只听到许多人骂野话,许多篙子钉在浅水石头上的声音,且有人大嚷大骂。三三,你以为这是"吵架",是不是?你错了。别担心,他们不过是在那里"说话"罢了。他们说话就永远得用个粗野字眼儿,遇要紧事情时,还得在每句话前后皆用野话相衬,事情方做得顺手。这种字眼儿的运用,父子中间也免不了。你不要以为这就是野人。他们骂野话,可不做野事。人正派得很!船上规矩严,忌讳多。在船上客人夫妇间若撒了野,还得买肉酬神。水手们若想上岸撒野,也得在拢岸后的。他们过的是节欲生活,真可以说是庄严得很!

船中最美的恐怕应得数麻阳船。大麻阳船有"鳅鱼头"同"五舱子"，装油两千篓，摇橹三十人，掌舵的高据后楼，下滩时真可谓堂皇之至！我就坐过这样大船一次，还有床同玻璃窗，各处皆是光溜溜的。十四年后这船还使我神往。其次是小船，就是我如今坐的"桃源划子"。但我不幸得很，遇到几个懒人。我对他们无办法。我看情形到家中必需十天，这数目加上从北平到桃源的四天，一共就是十四天，下行也许可以希望少两天，但因此一来，我至多也只能在家中住四天了。我运气坏，遇到这种小船真说不出口。看到他们早早的停泊，我竟不知怎么办。照规矩他们又可以自由停泊的，他们可以从各样事情上找机会，说出不能开动的理由。我呢，也觉得天气太冷，不忍要他们在水中受折磨。可是旁人少受些折磨，我就多受些折磨，你说我怎么办？

　　我先以为我是个受得了寂寞的人，现在方明白我们自从在一处后，我就变成一个不能够同你离开的人了……三三，想起你我就忍受不了目前的一切了。我真像从前等你回信，不得回信时神气。我想打东西，骂粗话，让冷风吹冻自己全身。我明白我同你离开越远也反而越相近。但不成，我得同你在一处，这心才能安静，事也才能做好！我试过如何来利用这长长的日子写篇小说，思想很乱，无论如何竟写不出什么来。

一月十四下六时

选自《湘行集》，岳麓书社一九九二年十二月版

夜泊鸭窠围

十六日下午六点五十分

我小船停了,停到鸭窠围。中时候写信提到的"小阜平冈"应当名为"洞庭溪"。鸭窠围是个深潭,两山翠色逼人,恰如我写到翠翠的家乡。吊脚楼尤其使人惊讶,高矗两岸,真是奇迹。两山深翠,惟吊脚楼屋瓦为白色,河中长潭则湾泊木筏廿来个,颜色浅黄。地方有小羊叫,有妇女锐声喊"二老""小牛子",且听到远处有鞭炮声与小锣声。到这样地方,使人太感动了。四丫头若见到一次,一生也忘不了。你若见到一次,你饭也不想吃了。

我这时已吃过了晚饭,点了两支蜡烛给你写报告。我吃了太多的鱼肉。还不停泊时,我们买鱼,九角钱买了一尾重六斤十两的鱼,还是顶小的!样子同飞艇一样,煮了四分之一,我又吃四分之一的四分之一,已吃得饱饱的了。我生平还不曾吃过那么新鲜那么嫩的鱼,我并且第一次把鱼吃个饱。味道比鲥鱼还美,比豆腐还嫩,古怪的东西!我似乎吃得太多了点,还不知道怎么办。

可惜天气太冷了,船停泊时我总无法上岸去看看。我欢喜那些在半天上的楼房。这里木料不值钱,水涨落时距离又太大,故楼房无不离岸卅丈以上,从河边望去,使人神往之至。我还听到了唱小曲声音,我估计得出,那些声音同灯光所在处,不是木筏上的簰头在取乐,就是有副爷们船主在喝酒。妇人手上必定还戴得有镀金戒指。多动人的画图!提到这些时我是很忧郁的,因为我认识他们的哀乐,看他们也依然在那里把每个日子打发下去,我不知道怎么样总有点忧郁。正同读一篇描写西伯利亚方面农人的作品一样,看到那些文章,使人引起无言的哀戚。我如今不止看到这些人生活的表面,还用过去一分经验接触这种人的灵魂。真是可哀的事!我想我写到这些人生活的作品,还应当更多一些!我这次旅行,所得的很不少。从这次旅行上,我一定还可以写出很多动人的文章!

三三,木筏上火光真不可不看。这里河面已不很宽,加之两面山岸很高(比劳山高得远),夜又静了,说话皆可听到。羊还在叫。我不知怎么的,心这时特别柔和。我悲伤得很。远处狗又在叫了,且有人说"再来,过了年再来!"一定是在送客,一定是那些吊脚楼人家送水手下河。

风大得很,我手脚皆冷透了,我的心却很暖和。但我不明白为什么原因,心里总柔软得很。我要傍近你,方不至于难过。

我仿佛还是十多年前的我,孤孤单单,一身以外别无长物,搭坐一只装载军服的船只上行,对于自己前途毫无把握,我希望的只是一个四元一月的录事职务,但别人不让我有这种机会。我想看点书,身边无一本书。想上岸,又无一个钱。到了岸必须上岸去玩玩时,就只好穿了别人的军服,空手上岸去,看看街上一切,欣赏一下那些小街上的片糖,以及一个铜元一大堆的花生。灯光下坐着扯得眉毛极细的妇人。回船时,就糊糊涂涂在岸边烂泥里乱走,且沿了别人的船边"阳桥"渡过自己船上去,两脚全是泥,刚一落舱还不及脱鞋,就被船主大喊:"伙计副爷们,脱鞋呀。"到了船上后,无事可做,夜又太长,水手们爱玩牌的,皆蹲坐在舱板上小油灯下玩牌,便也镶拢去看他们。这就是我,这就是我!三三,一个人一生最美丽的日子,十五岁到廿岁,便恰好全是在那么情形中过去了,你想想看,是怎么活下来的!万想不到的是,今天我又居然到这条河里,这样小船上,来回想温习一切的过去!更想不到的是,我今天却在这样小船上,想着远远的一个温和美丽的脸儿,且这个黑脸的人儿,在另一处又如何悬念着我!我的命运真太可玩味了。

  我问过了划船的,若顺风,明天我们可以到辰州了。我希望顺风。船若到得早,我就当晚在辰州把应做的事做完,后天就可以再坐船上行。我还得到辰州问问,是不是云六[①]已下

[①] 云六:即作者的大哥沈云六。

了辰。若他在辰州，我上行也方便多了。

　　现在已八点半了，各处还可听到人说话，这河中好像热闹得很。我还听到远远的有鼓声，也许是人还愿。风很猛，船中也冰冷的。但一个人心中倘若有个爱人，心中暖得很，全身就冻得结冰也不碍事的！这风吹得厉害，明天恐要大雪。羊还在叫，我觉得希奇，好好的一听，原来对河也有一只羊叫着，它们是相互应和叫着的。我还听到唱曲子的声音，一个年纪极轻的女子喉咙，使我感动得很。我极力想去听明白那个曲子，却始终听不明白。我懂许多曲子。想起这些人的哀乐，我有点忧郁。因这曲子我还记起了我独自到锦州，住在一个旅馆中的情形。在那旅馆中我听到一个女人唱大鼓书，给赶骡车的客人过夜，唱了半夜。我一个人便躺在一个大炕上听窗外唱曲子的声音，同别人笑语声。这也是二哥！那时节你大概在暨南①读书，每天早上还得起床来做晨操！命运真使人惘然。爱我，因为只有你使我能够快乐！

二哥
十六下八点五十

　　我想睡了。希望你也睡得好。

选自《湘行集》，岳麓书社一九九二年十二月版

---

① 暨南：指暨南大学女子部（中学），校址在南京。

到泸溪

十九日下四时廿分

我小船走得很好，上午无风，下午可有风，帆拉得满满的。河水还依然如前一信所说，很平很宽，不上什么滩，也不再见什么潭。再有十里我船可以到泸溪，船就得停泊了。天气好得很……动身时，我们最担心处是上面不安静，但如今这里的安静却令人出奇，只须从天气河流上看来，也就使人不必再担心有任何困难，会在远行人方面发生了。管领这条河面的是辰州那个戴旅长，军纪好得很，河面可以说是太安全了。在家在辰州的朋友亲戚，他们全将不许我走路，全要我多住一天两天，这可不成。我想在家中住三天，回转辰州住那一天，我想要云六大哥请客，把朋友请到新家来吃一顿。至于在家中，则打量一律不赴人的酒席。凡请我吃饭的，皆用"想陪母亲"来挡拒。这样一来当轻松一些。一切熟人皆相隔太久了,说话也无多意思,这些人某种知识也许比我的好过数倍,但我也无从去学习,因为学来也毫无用处。一切熟人生活皆与我完全不同,且仿佛皆活得比我更起劲,我同他们去玩也似乎不能再在一处玩了。家中只有妈同六弟同几个老年亲戚可以看看,在家中时,家中人一定特别快乐,我也一定特别快乐的。我就发愁要走,或走不动……

我小船已到了泸溪,时间六点多一些,天气太好,地方风景也雅多了。这里城不十分坏,码头可不像个样子,地方上下六十里皆著名码头,故商务萧条得很,只是通峒河①的船,则应从此地分流。若想乘船直到我家乡,便可在此地搭船上行的。峒河来源很怪,全从悬崖石壁中流出,一下就可行船。另一支流则直经过我的家乡小城,绕城上行达到苗乡乌巢河的。

我小船已泊定,吃了两碗白面当饭,这时正有廿来只大船从上游下行,满江的橹歌,轻重急徐,各不相同又复谐和成韵。夕阳已入山,山头余剩一抹深紫,山城楼门矗立留下一个明朗的轮廓,小船上各处有人语声,小孩吵闹声,炒菜落锅声,船主问讯声。我真感动,我们若想读诗,除了到这里来别无再好地方了。这全是诗。

---

① 峒河:其下游称武水,在泸溪汇入沅水。

第三章 相思无尽处

天黑了,我想把这信发了,故不写完。但写不完的却应当也为你看出些字句较好,因为这是从我身边来的一张纸……

你的心

十九下六时半

选自《湘行集》,岳麓书社一九九二年十二月版

泸溪黄昏

十九下午七时

我似乎说过泸溪的坏话,泸溪自己却将为三三说句好话了。这黄昏,真是动人的黄昏!我的小船停泊处,是离城还有一里三分之一地方,这城恰当日落处,故这时城墙同城楼明明朗朗的轮廓,为夕阳落处的黄天衬出。满河是橹歌浮着!沿岸全是人说话的声音,黄昏里人皆只剩下一个影子,船只也只剩个影子,长堤岸上只见一堆一堆人影子移动,炒菜落锅的声音与小孩哭声杂然并陈,城中忽然嗒的一声小锣,咳,好一个圣境!

我明天这时,必已早抵浦市了的。我还得在小船上睡那么一夜,廿一则在小客店过夜,如《月下小景》一书中所写的小旅店,廿二就在家中过夜了……

明天就到廿了,日子说快也快,说慢又慢。我今天同昨天在路上已看到许多白塔,许多就河边石上捶衣的妇人,而且还看到河边悬崖洞中的房屋,以及架空的碾子。三三,我已到了"柏子"的小河,而且快要走到"翠翠"的家乡了!日中太阳既好,景致又复柔和不少,我念你的心也由热情而变成温柔的爱。我心中尽喊着你,有上万句话,有无数的字眼儿,一大堆微笑,一大堆吻,皆为你而储蓄在心上!我到家中见到一切人时,我一定因为想念着你,问答之间将有些痴话使人不能了解。也许别人问我:"你在北平好!"我会说:"我三三脸黑黑的,所以北平也很好!"不是这么说也还会有别的话可说,总而言之则免不了授人一点点开玩笑的机会。母亲年老了,这老人家看到我有那么一个乖而温柔的三三,同时若让这老人家知道我们如何要好,她还会更高兴的。我在辰州时,云六说:"妈还说'晓得从文怎么样就会选到一个屋里人?同他一样的既不成,同他两样的,更不好'。可是如今可来了,好了,原来也还有既不同样也不异样的人!"家中人看到我们很好,他们的快乐是你想不出的。他们皆很爱你,你却还不曾见过他们!

三三,昨天晚上同今晚上星子新月皆很美,在船上看天空尤可观,我不管冻到什么样子,还是看了许久星子。你若今夜或每夜皆看到天上那颗大星子,我们就可以从这一粒星子的微光上,仿佛更近了一些。因为每夜这一粒星子,必有一时同你眼睛一样,被我瞅着不旁瞬的。三三,在你那方面,这星子也将成为我的眼睛的!

你的二哥

十九下九时

选自《湘行集》,岳麓书社一九九二年十二月版

第四章 湘水多情人

这世界有的是你们小伙子分上的一切,应当好好的干,日头不亏负你们,你们也莫亏负日头!

边　城

一

由四川过湖南去，靠东有一条官路。这官路将近湘西边境，到了一个地方名叫"茶峒"的小山城时，有一小溪，溪边有座白色小塔，塔下住了一户单独的人家。这人家只一个老人，一个女孩子，一只黄狗。

小溪流下去，绕山岨流，约三里便汇入茶峒大河，人若过溪越小山走去，只一里路就到了茶峒城边。溪流如弓背，山路如弓弦，故远近有了小小差异。小溪宽约二十丈，河床是大片石头作成。静静的河水即或深到一篙不能落底，却依然清澈透明，河中游鱼来去都可以计数。小溪既为川、湘来往孔道，水常有涨落，限于财力不能搭桥，就安排了一只方头渡船。这渡船一次连人带马，约可以载二十位搭客过河，人数多时必反复来去。渡船头竖了一根小小竹竿，挂着一个可以活动的铁环；溪岸两端水面横牵了一段竹缆，有人过渡时，把铁环挂在竹缆上，船上人就引手攀缘那条缆索，慢慢的牵船过对岸去。船将拢岸时，管理这渡船的，一面口中嚷着"慢点慢点"，自己霍的跃上了岸，拉着铁环，于是人货牛马全上了岸，翻过小山不见了。渡头属公家所有，过渡人本不必出钱；有人心中不安，抓了一把钱掷到船板上时，管渡船的必为一一拾起，依然塞到那人手心里去，俨然吵嘴时的认真神气："我有了口粮，三斗米，七百钱，够了！谁要你这个！"

但是，凡事求个心安理得，出气力不受酬谁好意思，不管如何还是有人要把钱的。管船人却情不过，也为了心安起见，便把这些钱托人到茶峒去买茶叶和草烟，将茶峒出产的上等草烟，一扎一扎挂在自己腰带边，过渡的谁需要这东西必慷慨奉赠。有时从神气上估计那远路人对于身边草烟引起了相当的注意时，这弄渡船的便把一小束草烟扎到那人包袱上去，一面说："大哥，不吸这个吗？这好的，这妙的，看样子不成材，巴掌大叶子，味道蛮好，送人也很合式！"茶叶则在六月里放进大缸里去，用开水泡好，给过路人随意解渴。

管理这渡船的，就是住在塔下的那个老人。活了七十年，从二十岁起便守在这小溪边，五十年来不知把船来去渡了若干人。年纪虽那么老了，骨头硬硬的，本来应当休息了，但天不许他休息，他仿佛便不能够同这一份生活离开。他从不思索自己职务对于本人的意义，只是静静的很忠实的在那里活下去。代替了天，使他在日头升起时，感到生活的力量；当日头落下时，又不至于思量和日头同时死去的，是那个近在他身旁的女孩子。他唯一的伙伴为一只渡船和一只黄狗，唯一的亲人便只那个女孩子。

女孩子的母亲，老船夫的独生女，十七年前同一个茶峒屯防军人唱歌相熟后，很秘密的背着那忠厚爸爸发生了暧昧关系。有了小孩子后，结婚不成，这屯戍兵士便想约了她一同向下游逃去。但从逃走的行为上看来，一个违悖了军人的责任，一个却必得离开孤独的父亲。经过一番考虑后，屯戍兵见她无远走勇气，自己也不便毁去作军人的名誉，就心想一同去生既无法聚首，一同去死应当无人可以阻拦，便毅然下决心首先服毒就死去。女的却关心腹中的一块肉，不忍心，拿不出主张。事情业已为作渡船夫的父亲知道，父亲却不加上一个有分量的字眼儿，只作为并不听到过这事情一样，仍然把日子很平静的过下去。女儿一面怀了羞惭，一面却怀了怜悯，依旧守在父亲身边。待到腹中小孩生下后，却到溪边故意吃了许多冷水死去了。在一种近乎奇迹中这遗孤居然已长大成人，一转眼间便十五岁了。因为住处两山多篁竹，翠色逼人而来，老船夫随便给这个可怜的孤雏，拾取了一个近身的名字，叫作"翠翠"。

翠翠在风日里长养着，把皮肤变得黑黑的，触目为青山绿水，一对眸子清明如水晶。自然既长养她且教育她，为人天真活泼，处处俨然如一只小兽物。人又那么乖，和山头黄麂一样，从不想到残忍事情，从不发愁，从不动气。平时在渡船上遇陌生人对她有所注意时，便把光光的眼睛瞅着那陌生人，作成随时都可举步逃入深山的神气，但明白了面前的人无机心后，就又从从容容的来完成任务了。

老船夫不论晴雨，必守在船头，有人过渡时，便略弯着腰，两手缘引了竹缆，把船横渡过小溪。有时疲倦了，躺在临溪大石上睡着了，人在隔岸招手喊过渡，翠翠不让祖父起身，就跳下船去，很敏捷的替祖父把路人渡过溪，一切溜刷在行，从不误事。有时又和祖父、黄狗一同在船上，过渡时与祖父一同动手牵缆索，船将近岸边，祖父正向客人招呼"慢点，慢点"时，那只黄狗便口衔绳子，最先一跃而上，且俨然懂得如何方称尽职似的，把船绳紧衔着拖船拢岸。茶峒附近村子里人不仅认识弄渡船的祖孙二人，也对于这只狗充满好感。

风日清和的天气，无人过渡，镇日长闲，祖父同翠翠便坐在门前大岩石上晒太阳，或把一段木头从高处向水中抛去，嗾使身边黄狗从岩石高处跃下，把木头衔回来；或翠翠与黄狗皆张着耳朵，听祖父说些城中多年以前的战争故事；或祖父同翠翠两人，各把小竹作成的竖笛，逗在嘴边吹着迎亲送女的曲子。过渡人来了，老船夫放下了竹管，独自跟到船边去横溪渡人。在岩上的一个，见船开动时，于是锐声喊着：

"爷爷，爷爷，你听我吹，你唱！"

爷爷到溪中央于是便很快乐的唱起来，哑哑的声音同竹管声，振荡在寂静空气里，溪中仿佛也热闹了一些。实则歌声的来复，反而使一切更加寂静。

有时过渡的是从川东过茶峒的小牛，是羊群，是新娘子的花轿，翠翠必争着作渡船夫，站在船头，懒懒的攀引缆索，让船缓缓的过去。牛、羊、花轿上岸后，翠翠必跟着走，送队伍上山，站到小山头，目送这些东西走去很远了，方回转船上，把船牵靠近家的岸边；且独自低低的学小羊叫着，学母牛叫着，或采一把野花缚在头上，独自装扮新娘子。

茶峒山城只隔渡头一里路，买油买盐时，逢年过节祖父得喝一杯酒时，祖父不上城，黄狗就伴同翠翠入城里去备办节货。到了卖杂货的铺子里，有大把的粉条，大缸的白糖，有炮仗，有红蜡烛，莫不给翠翠一种很深的印象，回到祖父身边，总把这些东西说个半天。那里河边还有许多上行船，百十船夫忙着起卸百货，这种船只比起渡船来全大得多，有趣味得多，翠翠也不容易忘记。

二

茶峒地方凭水依山筑城，近山一面，城墙俨然如一条长蛇，缘山爬去。临水一面则在城外河边留出余地设码头，湾泊小小篷船。船下行时运桐油、青盐、染色的五倍子。上行则运棉花、棉纱，以及布匹、杂货同海味。贯串各个码头有一条河街，人家房子多一半着陆，一半在水，因为余地有限，那些房子莫不设有吊脚楼。河中涨了春水，到水脚逐渐进街后，河街上人家，便各用长长的梯子，一端搭在自家屋檐口，一端搭在城墙上，人人争骂着嚷着，带了包袱、铺盖、米缸，从梯子上进城里去，等待水退时，方又从城门口出城。某一年水若来得特别猛一些，沿河吊脚楼，必有一处两处为大水冲去，大家皆在城上头呆望，受损失的也同样呆望着，对于所受的损失仿佛无话可说，与在自然安排下，眼见其他无可挽救的不幸来时相似。涨水时在城上还可望着骤然展宽的河面，流水浩浩荡荡，随同山水从上流浮沉而来的有房子、牛、羊、大树。于是在水势较缓处，税关趸船前面，便常常有人驾了小舢板，一见河心浮沉而来的是一匹牲畜、一段小木或一只空船，船上有一个妇人或一个小孩哭喊的声音，便急急的把船桨去，在下游一些迎着了那个目的物，把它用长绳系定，再向岸边桨去。这些诚实勇敢的人，也爱利，也仗义，同一般当地人相似。不拘救人救物，却同样在一种愉快冒险行为中，做得十分敏捷勇敢，使人见及不能不为之喝彩。

那条河水便是历史上知名的酉水，新名字叫作白河。白河下游到辰州与沅水汇流后，便略显浑浊，有出山泉水的意思。若溯流而上，则三丈五丈的深潭可清澈见底。深潭中为白日所映照，河底小小白石子，有花纹的玛瑙石子，全看得明明白白。水中游鱼来去，全如浮在空气里。两岸多高山，山中多可以造纸的细竹，长年作深翠颜色，逼人眼目。近水人家多在桃杏花里，春天时只需注意，凡有桃花处必有人家，凡有人家处必可沽酒。夏天则晒晾在日光下耀目的紫花布衣裤，可以作为人家所在的旗帜。秋冬来时，酉水中游如王村、岔瓮、保靖、里耶和许多无名山村，人家房屋在悬崖上的、滨水的，无不朗然入目。黄泥的墙，乌黑的瓦，位置却永远那么妥贴，且与四围环境极其调和，使人迎面得到的印象，实在非常愉快。一个对于诗歌、图画稍有兴味的旅客，在这小河中，蜷伏于一只小船上，作三十天的旅行，必不至于感到厌烦，正因为处处若有奇迹，可以发现人的劳动的成果，自然的大胆处与精巧处，无一地无一时不使人神往倾心。

　　白河的源流，从四川边境而来，从白河上行的小船，春水发时可以直达川属的秀山。但属于湖南境界的，茶峒算是最后一个水码头。这条河水的河面，在茶峒时虽宽约半里，当秋冬之际水落时，河床流水处还不到二十丈，其余只是一滩青石。小船到此后，既无从上行，因此凡是川东的进出口货物，得从这地方落水起岸。出口货物俱由脚夫用桑木扁担压在肩膊上挑抬而来，入口货物也莫不从这地方成束成担的用人力搬去。

这地方城中只驻扎一营由昔年绿营屯丁改编而成的戍兵，及五百家左右的住户。（这些住户中，除了一部分拥有了一些山田同油坊，或放账屯油、屯米、屯棉纱的小资本家外，其余多数是当年屯戍来此有军籍的人家。）地方还有个厘金局，办事机关在城外河街下面小庙里，经常挂着一面长长的幡信。局长则长住城中。一营兵士驻扎老参将衙门，除了号兵每天上城吹号玩，使人知道这里还驻有军队以外，其余兵士仿佛并不存在。冬天的白日里，到城里去，便只见各处人家门前各晾晒有衣服同青菜；红薯多带藤悬挂在屋檐下；用棕衣作成的口袋，装满了栗子、榛子和其他硬壳果，也多悬挂在檐口下。屋角隅各处有大小鸡叫着玩着。间或有什么男子，占据在自己屋前门限上锯木，或用斧头劈树，劈好的柴堆到敞坪里去如一座一座宝塔。又或可以见到几个中年妇人，穿了浆洗得极硬的蓝布衣裳，胸前挂有白布扣花围裙，躬着腰在日光下一面说话一面做事。一切总永远那么静寂，所有的人每个日子都在这种不可形容的单纯寂寞里过去。一分安静增加了人对于"人事"的思索力，增加了梦。在这小城中生活的，各人自然也一定各在分定一份日子里，怀了对于人事爱憎必然的期待。但这些人想些什么？谁知道！住在城中较高处，门前一站便可以眺望对河以及河中的景致，船来时，远远的就从对河滩上看着无数纤夫。那些纤夫也有从下游地方，带了细点心、洋糖之类，拢岸时却拿进城中来换钱的。船来时，小孩子的想象，应当在那些拉船人一方面。大人呢，孵一窠小鸡，养两只猪，托下行船夫打副金耳环，带两丈官青布，或一坛好酱油，一个双料的美孚灯罩回来，便占去了大部分作主妇的心了。

这小城里虽那么安静和平，但地方既为川东商业交易接头处，因此城外小小河街，情形却不同了一点。也有商人落脚的客店，坐镇不动的理发馆。此外饭店、杂货铺、油行、盐栈、花衣庄，莫不各有一种地位，装点这条小河街。还有卖船上檀木活车竹缆与锅罐铺子，介绍水手职业吃码头饭的人家。小饭店门前长案上，常有煎得焦黄的鲤鱼豆腐，身上装饰了红辣椒丝，卧在浅口钵头里，钵旁大竹筒中插着大把朱红筷子，不拘谁个愿意花点钱，这人就可以傍了门前长案坐下来，抽出一双筷子捏到手上，那边一个眉毛扯得极细、脸上擦了白粉的妇人，就走过来问："大哥，副爷，要甜酒？要烧酒？"男子火焰高一点的，谐趣的，对内掌柜有点意思的，必故意装成生气似的说："吃甜酒？又不是小孩，还问人吃甜酒！"那么，酽冽的烧酒，从大瓮里用竹筒舀出，倒进土碗里，即刻就来到身边案桌上了。这烧酒自然是浓而且香的，能醉倒一个汉子的，所以照例也不会多吃。杂货铺卖美孚油及点美孚油的洋灯与香烛、纸张。油行屯桐油。盐栈堆四川火井出的青盐。花衣庄则有白棉纱、大布、棉花，以及包头的黑绉绸出卖。卖船上用物的，百物罗列，无所不备，且间或有重至百斤的铁锚，搁在门外路旁，等候主顾问价的。专以介绍水手为事业，吃水码头饭的，在河街的家中，终日大门必敞开着，常有穿青羽缎马褂的船主与毛手毛脚的水手进出，地方像茶馆却不卖茶，不是烟馆又可以抽烟。来到这里的，虽说所谈的是船上生意经，然而船只的上下，划船拉纤人大都有个一定规矩，不必作数目上的讨论。他们来到这里大多数倒是在"联欢"。以"龙头管事"作中心，谈论点本地时事，两省商务上情形，以及下游的"新闻"。邀会的，集款时大多数皆在此地；扒骰子看点数多少轮作会首时，也常常在此举行。真真成为他们生意经的，有两件事：买卖船只，买卖媳妇。

　　大都市随了商务发达而产生的某种寄食者，因为商人的需要，水手的需要，这小小边城的河街，也居然有那么一群人，聚集在一些有吊脚楼的人家。这种小妇人不是从附近乡下弄来，便是随同川军来湘流落后的妇人，穿了假洋绸的衣服，印花标布的裤子，把眉毛扯得成一条细线，大大的发髻上敷了香味极浓俗的油类，白日里无事，就坐在门口小凳子上做鞋子，在鞋尖上用红绿丝线挑绣双凤，或为情人水手做绣花抱肚，一面看过往行人，消磨长日。或靠在临河窗口上看水手起货，听水手爬桅子唱歌。到了晚间，却轮流的接待商人同水手，切切实实尽一个妓女应尽的义务。

　　由于边地的风俗淳朴，便是作妓女，也永远那么浑厚。遇不相熟的主顾，做生意时得先交钱，数目弄清楚后，再关门撒野。人既相熟后，钱便在可有可无之间了。妓女多靠四川商人维持生活，但恩情所结，却多在水手方面。感情好的，别离时互相咬着嘴唇咬着颈脖发了誓，约好了"分手后各人不许胡闹"；四十天或五十天，在船上浮着的那一个，同在岸上蹲着的这一个，便各在分上呆着打发这一堆日子，尽把自己的心紧紧缚定远远的一个人。尤其是妇人，情感真挚，痴到无可形容，男子过了约定时间不回来，做梦时，就总常常梦船拢了岸，那一个人摇摇荡荡的从船跳板到了岸上，直向身边跑来。或日中有了疑心，则梦里必见那个男子在桅上向另一方面唱歌，却不理会自己。性格弱一点儿的，接着就在梦里投河、吞鸦片烟；性格强一点儿的，便手执菜刀，直向那水手奔去。他们生活虽那么同一般社会疏远，但是眼泪与欢乐，在一种爱憎得失间，揉进了这些人生命里时，也便同另外一片土地另外一些年青生命相似，全个身心为那点爱憎所浸透，见寒作热，忘了一切。若有多少不同处，不过是这些人更真切一点，也就更近于糊涂一点罢了。短期的包定，长期的嫁娶，一时间的关门，这些关于一个女人身体上的交易，由于民情的淳朴，身当其事的不觉得如何下流可耻，旁观者也就从不用读书人的观念，加以指摘与轻视。这些人既重义轻利，又能守信自约，即便是娼妓，也常常较之讲道德知羞耻的城市中绅士还更可信任。

掌水码头的名叫顺顺，一个前清时便在营伍中混过日子来的人物，辛亥革命时在著名的陆军四十九标做个什长。同样做什长的,有因革命成了伟人名人的,有杀头碎尸的,他却带着少年喜事得来的脚疯痛,回到了家乡,把所积蓄的一点钱,买了一条六桨白木船,租给一个穷船主,代人装货在茶峒与辰州之间来往。气运好,两年之内船不坏事,于是他从所赚的钱上,又讨了一个略有产业的白脸黑发小寡妇。因此一来,数年后,在这条河上,他就有了大小四只船,一个妻子,两个儿子了。

但这个大方洒脱的人,事业虽十分顺手,却因欢喜交朋结友,慷慨而又能济人之急,便不能同贩油商人一样大大发作起来。自己既在粮子里混过日子,明白出门人的甘苦,理解失意人的心情,于是凡因船只失事破产的船家、过路的退伍兵士、游学文墨人,到了这个地方闻名求助的,莫不尽力帮助。一面从水上赚来钱,一面就这样洒脱散去。这人虽然脚上有点小毛病,还能泅水,走路难得其平,为人却那么公正无私。水面上各事原本极其简单,一切都为一个习惯所支配,谁个船碰了头,谁个船妨害了别一人别一只船的利益,照例有习惯方法来解决。惟运用这种习惯规矩排调一切的,必需一个高年硕德的中心人物。某年秋天,那原来执事的人死去了,顺顺作了这样一个代替者。那时他还只五十岁,为人既明事明理,正直和平,又不爱财,因此无人对他年龄怀疑。

到如今,他的儿子大的已十八岁,小的已十六岁。两个年青人都结实如小公牛,能驾船,能泅水,能走长路。凡从小乡城里出身的年青人所能够做的事,他们无一不做,做去无一不精。年纪较长的,性情如他们爸爸一样,豪放豁达,不拘常套小节。年幼的气质近于那个白脸黑发的母亲,不爱说话,眼眉却秀拔出群,一望即知其为人聪明而又富于感情。

两兄弟既年已长大,必须在各一种生活上来训练他们的人格,作父亲的就轮流派遣两个小孩子各处旅行。向下行船时,多随了自己的船只充当伙计,甘苦与人相共。荡桨时选最重的一把,背纤时拉头纤二纤,吃的是干鱼、辣子、臭酸菜,睡的是硬帮帮的舱板。向上行从旱路走去,则跟了川东客货,过秀山、龙潭、酉阳做生意,不论寒暑雨雪,必穿了草鞋按站赶路。且佩了短刀,遇不得已必须动手,便霍的把刀抽出,站到空阔处去,等候对面的一个,接着就同这个人用肉搏来解决。地方的风气,既为"对付仇敌必须用刀,联结朋友也必须用刀",到需要刀时,他们也就从不让它失去那点机会。学贸易,学应酬,学习到一个新地方去适应各种生活,且学习用刀保护身体同名誉。教育的目的,似乎在使两个孩子学得做人的勇气与义气。一分教育的结果,弄得两个人结实如老虎,却又和气亲人,不骄惰,不浮华,不倚势凌人,故父子三人在茶峒边境上,为人所提及时,人人对这个名姓无不加以一种尊敬。

作父亲的当两个儿子很小时,就明白大儿子一切和自己相似,能成家立业,却稍稍见得溺爱那第二个儿子。由于这点不自觉的私心,他把长子取名天保,次子取名傩送。意思是天保佑的在人事上或不免有些龃龉处，至于傩神所送来的，照当地习气，人便不能稍加轻视了。傩送美丽得很，茶峒船家人拙于赞扬这种美丽，只知道为他取出一个诨名叫"岳云"。虽无什么人亲眼看到过岳云，一般的印象，却从戏台上小生穿白盔白甲的岳云，得来一个相近的神气。

三

两省接壤处，十余年来主持地方军事的，知道注重在安辑保守，处置还得法，并无特别变故发生。水陆商务既不至于受战争停顿，也不至于为土匪影响，一切莫不极有秩序，人民也莫不安分乐生。这些人，除了家中死了牛，翻了船，或发生别的死亡大变，为一种不幸所绊倒，觉得十分伤心外，中国其他地方正在如何不幸挣扎中的情形，似乎就还不曾为这边城人民所感到。

边城所在一年中最热闹的日子，是端午、中秋和过年。三个节日过去三五十年前，如何兴奋了这地方人，直到现在，还毫无什么变化，仍旧是那地方居民最有意义的几个日子。

端午日，当地妇女、小孩子，莫不穿了新衣，额角上用雄黄蘸酒画了个"王"字。任何人家到了这天必可以吃鱼吃肉。大约上午十一点钟左右，全茶峒人就吃了午饭。把饭吃过后,在城里住家的,莫不倒锁了门,全家出城到河边看划船。河街有熟人的,可到河街吊脚楼门口边看,不然就站在税关门口与各个码头上看。河中龙船以长潭某处作起点,税关前作终点,作比赛竞争。因为这一天军官、税官,以及当地有身分的人,莫不在税关前看热闹。划船的事各人在数天以前就早有了准备,分组分帮,各自选出了若干身体结实、手脚伶俐的小伙子,在潭中练习进退。船只的形式,和平常木船大不相同,形体一律又长又狭,两头高高翘起,船身绘着朱红颜色长线,平常时节多搁在河边干燥洞穴里,要用它时,才拖下水去。每只船可坐十二个到十八个桨手,一个带头的,一个鼓手,一个锣手。桨手每人持一支短桨,随了鼓声缓促为节拍,把船向前划去。带头的坐在船头上,头上缠裹着红布包头,手上拿两支小令旗,左右挥动,指挥船只的进退。擂鼓打锣的,多坐在船只的中部,船一划动便即刻蓬蓬铛铛把锣鼓很单纯的敲打起来,为划桨水手调理下桨节拍。一船快慢既不得不靠鼓声,故每当两船竞赛到剧烈时,鼓声如雷鸣,加上两岸人呐喊助威,便使人想起小说故事上梁红玉老鹳河时水战擂鼓种种情形。凡是把船划到前面一点的,必可在税关前领赏,一匹红、一块小银牌,不拘缠挂到船上某一个人头上去,都显出这一船合作努力的光荣。好事的军人,当每次某一只船胜利时,必在水边放些表示胜利庆祝的五百响鞭炮。

赛船过后,城中的戍军长官,为了与民同乐,增加这个节日的愉快起见，便派兵士把三十只绿头长颈大雄鸭，颈脖上缚了红布条子，放入河中，尽善于泅水的军民人等，自由下水追赶鸭子。不拘谁把鸭子捉到，谁就成为这鸭子的主人。于是长潭换了新的花样，水面各处是鸭子，同时各处有追赶鸭子的人。

船和船的竞赛，人和鸭子的竞赛，直到天晚方能完事。

掌水码头的龙头大哥顺顺，年青时节便是一个泅水的高手，入水中去追逐鸭子，在任何情形下总不落空。但一到次子傩送年过十岁时，已能入水闭气氽着到鸭子身边，再忽然冒水而出，把鸭子捉到，这作爸爸的便解嘲似的向孩子们说："好，这种事情有你们来做，我不必再下水和你们争显本领了。"于是当真就不下水与人来竞争捉鸭子。但下水救人呢，当作别论。凡帮助人远离患难，便是入火，人到八十岁，也还是成为这个人一种不可逃避的责任！

天保、傩送两人都是当地泅水划船好选手。

端午又快来了，初五划船，河街上初一开会，就决定了属于河街的那只船当天入水。天保恰好在那天应当向上行，随了陆路商人过川东龙潭送节货，故参加的就只傩送。十六个结实如牛犊的小伙子，带了香烛、鞭炮，同一个用生牛皮蒙好、绘有朱红太极图的高脚鼓，到了搁船的河上游山洞边，烧了香烛，把船拖入水中后，各人上了船，燃着鞭炮，擂着鼓，这船便如一支没羽箭似的，很迅速的向下游长潭射去。

那时节还是上午，到了午后，对河渔人的龙船也下了水，两只龙船就开始预习种种竞赛的方法。水面上第一次听到了鼓声，许多人从这鼓声中，都感到了节日临近的欢悦。住临河吊脚楼对远方人有所等待、有所盼望的，也莫不因鼓声想到远人。在这个节日里，必然有许多船只可以赶回，也有许多船只只合在半路过节，这之间，便有些眼目所难见的人事哀乐，在这小山城河街间，让一些人开心，也让一些人皱眉！

蓬蓬鼓声掠水越山到了渡船头那里时，最先注意到的是那只黄狗。那黄狗汪汪的吠着，受了惊似的绕屋乱走；有人过渡时，便随船渡过河东岸去，且跑到那小山头向城里一方面大吠。

翠翠正坐在门外大石上用棕叶编蚱蜢、蜈蚣玩，见黄狗先在太阳下睡着，忽然醒来便发疯似的乱跑，过了河又回来，就问它骂它：

"狗，狗，你做什么！不许这样子！"

可是一会儿那远处声音被她发现了，她于是也绕屋跑着，并且同黄狗一块儿渡过了小溪，站在小山头听了许久，让那点迷人的鼓声，把自己带到一个过去的节日里去。

四

还是两年前的事。五月端阳，渡船头祖父找人作了替手，便带了黄狗同翠翠进城,到大河边去看划船。河边站满了人,四只朱色长船在潭中划着,龙船水刚刚涨过,河中水皆泛着豆绿色,天气又那么明朗,鼓声蓬蓬响着,翠翠抿着嘴一句话不说,心中充满了不可言说的快乐。河边人太多了一点,各人尽张着眼睛望河中,不多久,黄狗还留在身边,祖父却挤得不见了。

翠翠一面注意划船,一面心想:"过不久爷爷总会找来的。"但过了许久,祖父还不来,翠翠便稍稍有点儿着慌了。先是两人同黄狗进城前一天,祖父就问翠翠:"明天城里划船,倘若你一个人去看,人多怕不怕?"翠翠就说:"人多我不怕。但是只是自己一个人可不好玩。"于是祖父想了半天,方想起一个住在城中的老熟人,赶夜里到城里去商量,请那老人来看一天渡船,自己却陪翠翠进城玩一天。且因为那人比渡船老人更孤单,身边无一个亲人,也无一只狗,因此便约好了那人早上过家中来吃饭,喝一杯雄黄酒。第二天那人来了,吃了饭,把职务委托那人以后,翠翠等便进了城。到路上时,祖父想起什么似的,又问翠翠:"翠翠,翠翠,人那么多,好热闹,你一个人敢到河边看龙船吗?"翠翠说:"怎么不敢?可是一个人玩有什么意思。"到了河边后,长潭里的四只龙船,把翠翠的注意力完全占去了,身边祖父似乎也可有可无了。祖父心想:"时间还早,到收场时,至少还得三个时刻。溪边的那个朋友,也应当来看看年青人的热闹,回去一趟，换换地位还赶得及。"因此就告翠翠："人太多了，站在这里看，不要动，我到别处去有点事情，无论如何总赶得回来伴你回家。"翠翠正为两只竞速并进的船迷着，祖父说的话毫不思索就答应了。祖父知道黄狗在翠翠身边，也许比他自己在她身边还稳当，于是便回家看船去了。

祖父到了那渡船处时，见代替他的老朋友，正站在白塔下注意听远处鼓声。

祖父喊叫他，请他把船拉过来，两人渡过小溪仍然站到白塔下去。那人问老船夫为什么又跑回来，祖父就说想替他一会儿，所以把翠翠留在河边，自己赶回来，好让他也过大河边去看看热闹，且说："看得好，就不必再回来，只须见了翠翠告她一声，翠翠到时自会回家的。小丫头不敢回家，你就伴她走走！"但那替手对于看龙船已无什么兴味，却愿意同老船夫在这溪边大石上各自再喝两杯烧酒。老船夫听说十分高兴，于是把酒葫芦取出，推给城中来的那一个。两人一面谈些端午旧事，一面喝酒，不到一会儿，那人却在岩石上被烧酒醉倒了。

人既醉倒了，无从入城，祖父为了责任又不便与渡船离开，留在城中河边的翠翠，便不能不着急了。

河中划船的决了最后胜负后，城里军官已派人驾小船在潭中放了一群鸭子，祖父还不见来。翠翠恐怕祖父也正在什么地方等着她，因此带了黄狗向各处人丛中挤着去找寻祖父，结果还是不得祖父的踪迹。后来看看天快要黑了，军人扛了长凳出城看热闹的，都已陆续扛了那凳子回家。潭中的鸭子只剩下三五只，捉鸭人也渐渐的少了。落日向上游翠翠家中那一方落去，黄昏把河面装饰了一层银色薄雾。翠翠望到这个景致，忽然起了一个怕人的想头，她想："假若爷爷死了？"

她记起祖父嘱咐她不要离开原来地方那一句话，便又为自己解释这想头的错误，以为祖父不来，必是进城去或到什么熟人处去，被人拉着喝酒，一时间不能脱身。正因为这也是可能的事，她又不愿在天未断黑以前，同黄狗赶回家去，只好站在那石码头边等候祖父。

再过一会儿，对河那两只长船已泊到对河小溪里去不见了，看龙船的人也差不多全散了。吊脚楼有娼妓的人家，已上了灯，且有人敲小斑鼓弹月琴唱曲子。另外一些人家，又有豁拳行酒的吵嚷声音。同时停泊在吊脚楼下的一些船只，上面也有人在摆酒炒菜，把青菜萝卜之类，倒进滚热油锅里去时发出沙沙的声音。河面已朦朦胧胧，看去好像只有一只白鸭在潭中浮着，也只剩一个人追着这只鸭子。

翠翠还是不离开码头，总相信祖父会来找她，同她一起回家。

吊脚楼上唱曲子声音热闹了一些，只听到下面船上有人说话，一个水手说："金亭，你听你那姨子陪川东庄客喝酒唱曲子，我赌个手指，说这是她的声音！"另一个水手就说：

"她陪他们喝酒唱曲子,心里可想我。她知道我在船上!"先前那一个又说:"身体让别人玩着,心还想着你,你有什么凭据?"另一个说:"我有凭据。"于是这水手吹着唿哨,作出一个古怪的记号,一会儿,楼上歌声便停止了。歌声停止后,两个水手哈哈大笑起来。两人接着便说了些关于那个女人的一切,使用了不少粗鄙字眼,翠翠很不习惯把这种话听下去,但又不能走开。且听水手之一说楼上妇人的爸爸是七年前在棉花坡被人杀死的,一共杀了十七刀,翠翠心中那个古怪的想头,"爷爷死了呢?"便仍然占据到心里有一会儿。

两个水手还正在谈话,潭中那只白鸭却慢慢的向翠翠所在的码头边游过来,翠翠想:"再过来些我就捉住你!"于是静静的等着,但那鸭子将近岸边三丈远近时,却有个人笑着,喊那船上水手。原来水中还有个人,那人已把鸭子捉到手,却慢慢的蹎水游近岸边的。船上人听到水面的喊声,在隐约里也喊道:"二老,二老,你真行,你今天得了五只吧?"那水上人说:"这家伙狡猾得很,现在可归我了。""你这时捉鸭子,将来捉女人,一定有同样的本领。"水上那一个不再说什么,手脚并用的拍着水傍了码头。湿淋淋的爬上岸时,翠翠身旁的黄狗,仿佛警告水中人似的,汪汪的叫了几声,表示这里有人,那人方注意到翠翠。码头上已无别的人,那人问:

"是谁人?"

"是翠翠!"

"翠翠又是谁?"

"是碧溪岨撑渡船的孙女。"

"这里又没有人过渡,你在这儿做什么?"

"我等我爷爷。我等他来好回家去。"

"等他来他可不会来。你爷爷一定到城里军营里喝了酒,醉倒后被人抬回去了!"

"他不会,他答应来找我,他就一定会来的。"

"这里等也不成,到我家里去,到那边点了灯的楼上去,等爷爷来找你好不好?"

翠翠误会了邀她进屋里去那个人的好意,心里记着水手说的妇人丑事,她以为那男子就是要她上有女人唱歌的楼上去,本来从不骂人,这时正因为等候祖父太久了,心中焦急得很,听人要她上去,以为欺侮了她,就轻轻的说:

"你个悖时砍脑壳的!"

话虽轻轻的,那男的却听得出,且从声音上听得出翠翠年纪,便带笑说:"怎么,你那么小小的还会骂人!你不愿意上去,要呆在这儿,回头水里大鱼来咬了你,可不要叫喊救命!"

翠翠说:"鱼咬了我,也不管你的事。"

那黄狗好像明白翠翠被人欺侮了,又汪汪的吠起来。那男子把手中白鸭举起,向黄狗吓了一下,"老兄,你要怎么!"便走上河街去了。黄狗为了自己被欺侮还想追过去,翠翠便喊:"狗,狗,你叫人也看人叫!"翠翠意思仿佛只在告给狗

"那轻薄男子还不值得叫",但男子听去的却是另外一种好意,男的以为是她要狗莫向好人乱叫,放肆的笑着,不见了。

又过了一阵,有人从河街拿了一个废缆做成的火炬,一面晃一面喊叫着翠翠的名字来找寻她,到身边时翠翠却不认识那个人。那人说:老船夫回到家中,不能来接她,故搭了过渡人口信来告翠翠,要她即刻就回去。翠翠听说是祖父派来的,就同那人一起回家,让打火把的在前引路,黄狗时前时后,一同沿了城墙向渡口走去。翠翠一面走一面问那拿火把的人,是谁告他就知道她在河边。那人说是二老告他的,他是二老家里的伙计,送翠翠回家后还得回转河街。

翠翠说:"二老他怎么知道我在河边?"

那人便笑着说:"他从河里捉鸭子回来,在码头上见你,他说好意请你上家里坐坐,等候你爷爷,你还骂过他!你那只狗不识吕洞宾,只是叫!"

翠翠带了点儿惊讶,轻轻的问:"二老是谁?"

那人也带了点儿惊讶说:"二老你还不知道?就是我们河街上的傩送二老!就是岳云!他要我送你回去!"

傩送二老在茶峒地方不是一个生疏的名字。

翠翠想起自己先前骂人那句话,心里又吃惊又害羞,再也不说什么,默默的随了那火把走去。

翻过了小山岨,望得见对溪家中火光时,那一方面也看见了翠翠方面的火把,老船夫即刻把船拉过来,一面拉船,一面哑声儿喊问:"翠翠,翠翠,是不是你?"翠翠不理会祖父,口中却轻轻的说:"不是翠翠,不是翠翠,翠翠早被大河里鲤鱼吃去了。"翠翠上了船,二老派来的人,打着火把走了,祖父牵着船问:"翠翠,你怎么不答应我,生我的气了吗?"

翠翠站在船头还是不作声。翠翠对祖父那一点儿埋怨,等到把船拉过了溪,一到了家中,看明白了醉倒的另一个老人后,就完事了。但是另外一件事,属于自己不关祖父的,却使翠翠沉默了一个夜晚。

五

两年日子过去了。

这两年来两个中秋节,恰好无月亮可看,凡在这边城地方,因看月而起整夜男女唱歌的故事,通统不能如期举行,因此两个中秋留给翠翠的印象,极其平淡无奇。两个新年虽照例可以看到军营里和各乡来的狮子龙灯,在小教场迎春,锣鼓喧阗大热闹,到了十五夜晚,城中舞龙耍狮子的镇筸兵士,还各自赤裸着肩膊,往各处去欢迎炮仗烟火。城中军营里,税关局长公馆,河街上一些大字号,莫不预先截老毛竹筒,或镂空棕榈树根株,用洞硝拌和磺炭钢砂,一千槌八百槌把烟火做好。好勇取乐的军士，光赤着个上身，玩着灯打着鼓来了，小鞭炮如落雨的样子，从悬到长竿尖端的空中落到玩灯的光赤赤肩背上，锣鼓催动急促的拍子，大家情绪都为这事情十分兴奋。鞭炮放过一阵后，用长凳脚绑着的大筒烟火，在敞坪一端燃起了引线，先是毕毕的流泻白光，慢慢的这白光便吼啸起来，作出如雷如虎惊人的声音，白光向上空冲去，高至二十丈，下落时便洒散着满天花雨。人人把颈脖缩着，又怕又欢喜。玩灯的兵士，却在火花中绕着圈子，俨然毫不在意的样子。翠翠同她的祖父，也看过这样的热闹，留下一个热闹的印象，但这印象不知为什么原因，总不如那个端午所经过的事情甜而美。

翠翠为了不能忘记那件事，上年一个端午又同祖父到城边河街去看了半天船，一切玩得正好时，忽然落了行雨，无人衣衫不被雨湿透。为了避雨，祖孙二人同那只黄狗，走到顺顺吊脚楼上去，挤在一个角隅里。有人扛凳子从身边过去，翠翠认得那人正是去年打了火把送她回家的人，就告给祖父：

"爷爷，那个人去年送我回家，他拿了火把走路时，真像个山上的喽啰！"

祖父当时不作声，等到那人回头又走过面前时，就闪不知一把抓住那个人，笑嘻嘻说：

"嗨嗨，你这个喽啰！要你到我家喝一杯也不成，还怕酒里有毒，把你这个真命天子毒死！"

那人一看是守渡船的，且看到了翠翠，就笑了。"翠翠，你长大了！二老说你在河边大鱼会吃你，我们这里河中的鱼，现在可吞不下你了。"

翠翠一句话不说，只是抿起嘴唇笑着。

这一次虽在这喽啰长年口中听到个"二老"名字，却不曾见及这个人。从祖父和那长年谈话里，翠翠听明白了二老是在下游六百里外沅水中部青浪滩过端午的。但这次不见二老，却认识了大老，且见着了那个一地出名的顺顺。大老把河中的鸭子捉回家里后，因为守渡船的老家伙称赞了那只肥鸭两次，顺顺就要大老把鸭子给翠翠。且知道祖孙二人所过的日子十分拮据，节日里自己不能包粽子，又送了许多尖角粽子。

那水上名人同祖父谈话时，翠翠虽装作眺望河中景致，耳朵却把每一句话听得清清楚楚。那人向祖父说翠翠长得很美，问过翠翠年纪，又问有不有人家。祖父则很快乐的夸奖了翠翠不少，且似乎不许别人来关心翠翠的婚事，因此一到这件事便闭口不谈。

回家时，祖父抱了那只白鸭子同别的东西，翠翠打火把引路。两人沿城墙脚走去，一面是城，一面是水。祖父说："顺顺真是个好人，大方得很。大老也很好。这一家人都好！"翠翠说："一家人都好，你认识他们一家人吗？"祖父不明白这句话的意思所在，因为今天太高兴一点，便不加检点笑着说："翠翠，假若大老要你做媳妇，请人来做媒，你答应不答应?"翠翠就说:"爷爷,你疯了!再说我就生你的气!"

祖父话虽不再说了,心中却很显然的还转着这些可笑的不好的念头。翠翠着了恼,把火把向路两旁乱晃着,向前快快的走去了。

"翠翠,莫闹,我摔到河里去,鸭子会走脱的!"

"谁也不希罕那只鸭子!"

祖父不明白翠翠为什么事情不高兴,便唱起摇橹人驶船下滩时催橹的歌声,声音虽然哑沙沙的,字眼儿却稳稳当当毫不含糊。翠翠一面听着一面向前走去,忽然停住了发问:

"爷爷,你的船是不是正在下青浪滩呢?"

祖父不说什么,还是唱着。两人都记起顺顺家二老的船正在青浪滩过节,但谁也不明白另外一个人的记忆所止处。祖孙二人便沉默的一直走还家中。到了渡口,那另外一个代理看船的,正把船泊在岸边等候他们。几人渡过溪到了家中,剥粽子吃。到后那人要进城去,翠翠赶即为那人点上火把,让他有火把照路。人过了小溪上小山时,翠翠同祖父在船上望着,翠翠说:

"爷爷,看喽啰上山了啊!"

祖父把手攀引着横缆,注目溪面升起的薄雾,仿佛看到了另外一种什么东西,轻轻的吁了一口气。祖父静静的拉船过对岸家边时,要翠翠先上岸去,自己却守在船边,因为过节,明白一定有乡下人来城里看龙船,还得乘黑赶回家去。

六

　　白日里,老船夫正在渡船上,同个卖皮纸的过渡人有所争持。一个不能接受所给的钱,一个却非把钱送给老人不可。正似乎因为那个过渡人送钱气派有些强横,使老船夫受了点压迫,这撑渡船人就俨然生气似的,迫着那人把钱收回,使这人不得不把钱捏在手里。但到船拢岸时,那人跳上了码头,一手铜钱向船舱里一撒,却笑眯眯的匆匆忙忙走了。老船夫手还得拉着船让别一个人上岸,无法去追赶那个人,就喊小山头的孙女:

　　"翠翠,翠翠,为我拉着那个卖皮纸的小伙子,不许他走!"

　　翠翠不知道是怎么回事,当真便同黄狗去拦着那第一个下船人。那人笑着说:

　　"请不要拦我!……"

　　"不成,你不能走!"

　　正说着,第二个商人赶来了,就告给翠翠是什么事情。翠翠明白了,更紧拉着卖纸人衣服不放,只说:"不许走!不许走!"黄狗为了表示同主人的意见一致,也便在翠翠身边汪汪汪的吠着。其余商人都笑着,一时不能走路。祖父气吁吁的赶来了,把钱强迫塞到那人手心里,并且搭了一大束草烟到那商人的担子上去,搓着两手笑着说:"走呀!你们上路走!"那些人于是全笑着走了。

翠翠说:"爷爷,我还以为那人偷你东西同你打架!"

祖父就说:

"嗨!他送我好些钱。我才不要这些钱!告他不要钱,他还同我吵,不讲道理!"

翠翠说:"全还给他了吗?"

祖父报着嘴把头摇摇,闭上一只眼睛,装成狡猾得意神气笑着,把扎在腰带上留下的那枚单铜子取出,送给翠翠,且说:

"礼轻仁义重,我留下一个。他得了我们那把烟叶,可以吃到镇筸城!"

远处鼓声又蓬蓬的响起来了,黄狗张着两个耳朵听着。翠翠问祖父听不听到什么声音。祖父一注意,知道是什么声音了,便说:

"翠翠,端午又来了。你记不记得去年天保大老送你那只肥鸭子?早上大老同一群人上川东去,过渡时还问你。你一定忘记那次落的行雨。我们这次若去,又得打火把回家;你记不记得我们两人用火把照路回家?"

翠翠还正想起两年前的端午一切事情。但祖父一问,翠翠却微带点儿恼着的神气,把头摇摇,故意说:"我记不得,我记不得,我全记不得!"其实她那意思就是"你这个人!我怎么记不得?"

祖父明白那话里意思，又说："前年还更有趣，你一个人在河边等我，差点儿不知道回来，天夜了，我还以为大鱼会吃掉你！"

提起旧事，翠翠嗤的笑了。

"爷爷，你还以为大鱼会吃掉我？是别人家说我，我告给你的！你那天只是恨不得让城中的那个爷爷把装酒的葫芦吃掉！你这种人，好记性！"

"我人老了，记性也坏透了。翠翠，现在你人长大了，一个人一定敢上城看船，不怕鱼吃掉你了。"

"人大了就应当守船呢。"

"人老了才应当守船。"

"人老了应当歇憩！"

"你爷爷还可以打老虎，人不老！"祖父说着，于是，把手膀子弯曲起来，努力使筋肉在局束中显得又有力又年青，并且说："翠翠，你不信，你咬。"

翠翠睨着腰背微驼白发满头的祖父，不说什么话。远处有吹唢呐的声音，她知道那是什么事情，且知道唢呐方向，要祖父同她下了船，把船拉过家中那边岸旁去。为了想早早的看到那迎婚送亲的喜轿，翠翠还爬到屋后塔下去眺望。过不久，那一伙人来了，两个吹唢呐的，四个强壮乡下汉子，一顶空花轿，一个穿新衣的团总儿子模样的青年，另外还有两只羊，一个牵羊的孩子，一坛酒，一盒糍粑，一个担礼物的人。一伙人上了渡船后，翠翠同祖父也上了渡船，祖父拉船，翠翠却傍花轿站定，去欣赏每一个人的脸色与花轿上的流苏。拢岸后，团总儿子模样的人，从扣花抱肚里掏出了一个小红纸包封，递给老船夫。这是当地规矩，祖父再不能说不接收了。但得了钱祖父却说话了，问那个人，新娘是什么地方人，明白了，又问姓什么，明白了，又问多大年纪，一起弄明白了。吹唢呐的一上岸后，又把唢呐呜呜喇喇吹起来，一行人便翻山走了。祖父同翠翠留在船上，感情仿佛皆追着那唢呐声音走去，走了很远的路方回到自己身边来。

祖父掂着那红纸包封的分量说："翠翠，宋家堡子里新嫁娘年纪还只十五岁。"

翠翠明白祖父这句话的意思所在，不作理会，静静的把船拉动起来。

到了家边，翠翠跑回家中去取小小竹子做的双管唢呐，请祖父坐在船头吹"娘送女"曲子给她听，她却同黄狗躺到门前大岩石上荫处看天上的云。白日渐长，不知什么时节，守在船头的祖父睡着了，躺在岸上的翠翠同黄狗也睡着了。

七

到了端午。祖父同翠翠在三天前业已预先约好，祖父守船,翠翠同黄狗过顺顺吊脚楼去看热闹。翠翠先不答应,后来答应了。但过了一天,翠翠又翻悔回来,以为要看两人去看,要守船两人守船。祖父明白那个意思,是翠翠玩心与爱心相战争的结果。为了祖父的牵绊,应当玩的也无法去玩,这不成!

祖父含笑说:"翠翠,你这是为什么?说定了的又翻悔,同茶峒人平素品德不相称。我们应当说一是一,不许三心二意。我记性并不坏到这样子,把你答应了我的即刻忘掉!"祖父虽那么说,很显然的事,祖父对于翠翠的打算是同意的。但人太乖巧,祖父有点愀然不乐了。见祖父不再说话,翠翠就说:"我走了,谁陪你?"

祖父说:"你走了,船陪我。"

翠翠把一对眉毛皱拢去苦笑着:"船陪你,嗨,嗨,船陪你。爷爷,你真是,只有这只宝贝船!"

祖父心想:"你总有一天会要走的!"但不敢提起这件事。祖父一时无话可说,于是走过屋后塔下小圃里去看葱,翠翠跟了过去。

"爷爷,我决定不去,要去让船去,我替船陪你!"

"好,翠翠,你不去我去,我还得戴了朵红花,装刘姥姥进城去见世面!"

两人为这句话笑了许久,所争持的事,不求结论了。

祖父理葱,翠翠却摘了一根大葱呜呜吹着玩。有人在东岸喊过渡,翠翠不让祖父占先,便忙着跑下溪边,跳上了渡

船,援着横溪缆子拉船过溪去接人。一面拉船一面喊祖父:

"爷爷,你唱,你唱!"

祖父不唱,却只站在高岩上望翠翠,把手摇着,一句话不说。

祖父有点心事,心子重重的。翠翠长大了。

翠翠一天比一天大了,无意中提到什么时,会红脸了。时间在成长她,似乎正催促她,使她在另外一件事情上负点儿责。她欢喜看扑粉满脸的新嫁娘,欢喜述说关于新嫁娘的故事,欢喜把野花戴到头上去,还欢喜听人唱歌。茶峒人的歌声,缠绵处她已领略得出。她有时仿佛孤独了一点,爱坐在岩石上去,向天空一片云一颗星凝眸。祖父若问:"翠翠,你在想什么?"她便带着点儿害羞情绪,轻轻的说:"在看水鸭子打架!"照当地习惯意思,就是"翠翠不想什么"。但在心里却同时又自问:"翠翠,你真在想什么?"同时自己也在心里答着:"我想的很远,很多。可是我不知想些什么。"她的确在想,又的确连自己也不知在想些什么。这女孩子身体既发育得很完全,在本身上因年龄自然而来的一件"奇事",到月就来,也使她多了些思索,多了些梦。

祖父明白这类事情对于一个女子的影响,祖父心情也变了些。祖父是一个在自然里活了七十年的人,但在人事上的自然现象,就有了些不能安排处。因为翠翠的长成,使祖父记起了些旧事,从掩埋在一大堆时间里的故事中,重新找回了些东西。这些东西压到心上很显然是有个分量的。

翠翠的母亲,某一时节原同翠翠一个样子。眉毛长,眼睛大,皮肤红红的。也乖得使人怜爱——也照例在一些小处,起眼动眉毛,机灵懂事,使家中长辈快乐。也仿佛永远不会同家中这一个分开。但一点不幸来了,她认识了那个兵。到末了丢开老的和小的,却陪了那个兵死了。这些事从老船夫说来谁也无罪过,只应由天去负责。翠翠的祖父口中不怨天,不尤人,心中却不能完全同意这种不幸的安排。到底还像年青人,说是放下了,也正是不能放下的莫可奈何容忍到的一件事情。摊派到本身的一份,说来实在不太公平!

可是终究还有个翠翠。如今假若翠翠又同妈妈一样,老船夫的年龄,还能把再下一代小雏儿再抚育下去吗?人愿意的事天却不同意!人太老了,应当休息了,凡是一个良善的中国乡下人,一生中活下来所应得到的劳苦与不幸,业已全得到了。假若另外高处真有一个玉皇上帝,这上帝且有一双巧手能支配一切,很明显的事,十分公道的办法,是应当把祖父先收回去,再来让那个年青的在新的生活上得到应分接受的那一份幸或不幸,才合道理!

可是祖父并不那么想。他为翠翠担心,有时便躺到门外岩石上,对着星子想他的心事。他以为死是应当快到了的,正因为翠翠人已长大了,证明自己也真正老了。可是无论如何,得让翠翠有个着落。翠翠既是她那可怜的母亲交把他的,翠翠大了,他也得把翠翠交给一个可靠的人,手续清楚,他的事才算完结!翠翠应分交给谁?必需什么样的人才不委屈她?

前几天顺顺家天保大老过溪时,同祖父谈话,这心直口快的青年人,第一句话就说:

"老伯伯,你翠翠长得真标致,像个观音样子。再过两年,若我有闲空能留在茶峒照料家事,不必像老鸦到处飞,我一定每夜到这溪边来为翠翠唱歌。"

祖父用微笑奖励这种自白。一面把船拉动,一面把那双饱经风日的小眼睛瞅着大老。意思好像说:好小子,你的傻话我全明白,我不生气。你尽管说下去,看你还有什么要说。

于是大老当真又说:

"翠翠太娇了,我担心她只宜于听点茶峒人的歌声,不能做茶峒女子做媳妇的一切正经事。我要个能听我唱歌的有情人,却更不能缺少个照料家务的媳妇。我这人就是这么一个打算,'又要马儿不吃草,又要马儿走得好',唉,这两句话恰是古人为我说的!"

祖父慢条斯理把船掉了头,让船尾傍岸,就说:

"大老,也有这种事儿!你瞧着吧。"究竟是什么一种事儿?祖父可并不明白说下去。

那青年走去后,祖父温习着那些出于一个年青男子口中的真话,实在又愁又喜。翠翠若应当交把一个人,这个人是不是适宜于照料翠翠?当真交把了他,翠翠是不是愿意?

八

　　初五大清早落了点毛毛雨，河上游且涨了点"龙船水"，河水全变作豆绿色。祖父上城买办过节的东西，戴了个粽粑叶"斗篷"，携带了一个篮子，一个装酒的大葫芦，肩头上挂了个褡裢，内中放了一吊六百制钱，就走了。因为是节日，这一天从小村小寨带了铜钱担了货物，上城去办货掉货的极多，这些人起身也极早，故祖父走后，黄狗就伴同翠翠守船。翠翠头上戴了一个崭新的斗篷，把过渡人一趟一趟的送来送去。黄狗坐在船头，每当船拢岸时必先跳上岸边去衔绳头，引起每个过渡人的兴味。有些过渡乡下人也携了狗上城，照例如俗话说的，"狗离不得屋"，这些狗一离了自己的家，即或傍着主人，也变得非常老实了。到过渡时，翠翠的狗必走过去嗅嗅，从翠翠方面讨取了一个眼色，似乎明白翠翠的意思，就不敢有什么特别举动，直到上岸后，把拉绳子的事情做完，眼见到那只陌生的狗上小山去了，也必跟着追去。或者向狗主人轻轻吠着，或者带着好弄喜事的快乐神气，逐着那陌生的狗。必得翠翠带点儿嗔恼的跺脚嚷着："狗，狗，你狂什么？还有事情做，你就跑呀！"于是这黄狗赶快跑回船上来，参加工作，依然满船闻嗅不已。翠翠说："这算什么轻狂举动！跟谁学得的？还不好好蹲到那边去！"狗俨然极其懂事，便即刻到它自己原来地方去，只间或又像想起什么心事似的，轻轻的吠几声。

　　雨落个不止，溪面一片烟。翠翠在船上无事可做时，便算着老船夫的行程。她知道他这一去应到什么地方碰到什么人，谈些什么话，这一天城门边应当是些什么情形，河街上应当是些什么情形，"心中一本册"，她完全如同亲眼见到的那么明明白白。她又知道祖父的脾气，一见城中相熟粮子上人物，不管是马夫火夫，总会把过节时应有的颂祝说出。这边说："副爷，你过节吃饱喝饱！"那一个便也将说："划船的，你吃饱喝饱！"这边如果说着如上的话，那边人说："有什么可以吃饱喝饱？四两肉，两碗酒，既不会饱也不会醉！"那么，祖父必很诚实邀请这熟人过碧溪岨喝个够量。倘若有人当时就想喝一口祖父葫芦中的酒，这老船夫也从不吝啬，必很快的就把葫芦递过去。酒喝过后，那兵营中人卷舌子舔着嘴唇，称赞酒好，于是又必被勒迫着喝第二口。酒在这种情形下少起来了，就又跑到原来铺上去，加满为止。翠翠且知道祖父还会到码头上去同刚拢岸一天两天的上水船水手谈谈话，问问下河的米价盐价，有时且弯着腰钻进那带有海带鱿鱼味，以及其他油味、醋味、柴烟味的船舱里去，水手们从小坛中抓出一把红枣，递给老船夫，过一阵，等到祖父回家被翠翠埋怨时，这红枣便成为祖父与翠翠和解的工具。祖父一到河街上,且一定有许多铺子上商人送他粽子与其他东西,作为对这个忠于职守的划船人一点敬意,祖父虽嚷着"我带了那么一大堆,回去会把老骨头压断",可是不管如何,这些东西多少总得领点情。走到卖肉案桌边去,他想买肉,人家却照例不愿接钱。屠户若不接钱,他却宁可到另外一家去,决不想沾那点便宜。那屠户说:"爷爷,你为人那么硬算什么?又不是要你去做犁口耕田!"但不行,他以为这是血钱,不比别的事情,你不收钱他会把钱预先算好,猛的把钱掷到大而长的钱筒里,攫了肉就走去的。卖肉的明白他那种性情,到他称肉时总选取最好的一处,并且把分量故意加多,他见及时却将说:"喂喂,大老板,凡事公平,我不要你那些好处!腿上的肉是城里斯文人炒鱿鱼肉丝用的肉,莫同我开玩笑!我要夹项刀头肉,我要浓的,糯的。我是个划船人,我要拿去炖胡萝卜喝酒的!"得了肉,把钱交过手时,自己先数一次,又嘱咐屠户再数,屠户却照例不理会他,把一手钱哗的向长竹筒口丢去。他于是简直是妩媚的微笑着走了。屠户和其他买肉人,见到他这种神气,必笑个不止……

翠翠还知道祖父必到河街上顺顺家里去。

翠翠温习着两次过节、两个日子所见所闻的一切,心中很快乐,好像目前有一个东西,同早间在床上闭了眼睛所看到那种捉摸不定的黄葵花一样,这东西仿佛很明朗的在眼前,却看不准,抓不住,想放又放不下。

翠翠想:"白鸡关真出老虎吗?"她不知道为什么忽然想起白鸡关。白鸡关是酉水中部一个地名,离茶峒两百多里路!

于是又想:"三十二个人摇六匹橹,一面跺脚一面唱歌,上水走风时张起个大篷,一百幅白布拼成的一片东西,坐在这样大船上过洞庭湖,多可笑……"她不明白洞庭湖有多大,也就从不见过这种大船;更可笑的,还是她自己也不知道为什么却想起这个问题!

一群过渡人来了,有担子,有送公事跑差模样的人物,另外还有母女二人。母亲穿了新浆洗得硬朗的蓝布衣服,女孩子脸上涂着两饼红色,穿了不甚称身的新衣,上城到亲戚家中去拜节看龙船的。等待众人上船稳定后,翠翠一面望着那小女孩,一面把船拉过溪去。那小孩从翠翠估来年纪也将十三四岁了,神气却很娇,似乎从不曾离开过母亲。脚下穿的是一双尖尖头新油过的皮钉鞋,上面沾污了些黄泥。裤子是那种泛紫的葱绿布做的,滚了一道花边。见翠翠尽是望她,她也便看着翠翠,眼睛光光的如同两粒水晶球。神气中有点害羞,有点不自在,同时也有点不可言说的爱娇。那母亲模样的妇人便问翠翠年纪有几岁。翠翠笑着,不高兴答应,却反问小女孩今年几岁。听那母亲说十三岁时,翠翠忍不住笑了。那母女显然是员外财主人家的妻女,从神气上就可看出的。翠翠注视那女孩,发现了女孩子手上还戴得有一副麻花绞的银手镯,闪着白白的亮光,心中有点儿歆羡。船傍岸后,人陆续上了岸,妇人从身上摸出一把铜子,塞到翠翠手中,就走了。翠翠当时竟忘了祖父的规矩,也不说道谢,也不把钱退还,只望着这一行人中那个女孩子身后发痴。一行人正将翻过小山时,翠翠忽又忙匆匆的追上去,在山头上把钱还给那妇人。那妇人说:"这是送你的!"翠翠不说什么,只微笑把头尽摇,表示不能接受;且不等妇人来得及说第二句话,就很快的向自己渡船边跑去了。

到了渡船上,溪那边又有人喊过渡,翠翠把船又拉回去。第二次过渡是七个人,又有两个女孩子,也同样因为看龙船特意换了干净衣服,相貌却并不如何美观,因此使翠翠更不能忘记先前那一个。

今天过渡的人特别多,其中女孩子比平时更多。翠翠既在船上拉缆子摆渡,故见到什么好看的、脸上长雀斑的、面相极古怪的、人乖的、眼睛眶子红红的,莫不在记忆中留下个印象。无人过渡时,等着祖父,祖父又不来,便尽只反复温习这些女孩子的神气,且轻轻的无所谓的唱着:

"白鸡关出老虎咬人,不咬别人,团总的小姐派第一。……大姐戴副金簪子,二姐戴副银钏子,只有我三妹没得什么戴,耳朵上长年戴条豆芽菜。"

城中有人下乡的,在河街上一个酒店前面,曾见及那个撑渡船的老头子,把葫芦嘴推让给一个年青水手,请水手喝他新买的白烧酒。翠翠问及时,那城中人就告给她所见到的事情。翠翠笑祖父的慷慨不是时候,不是地方。过渡人走了,翠翠就

第四章　湘水多情人

在船上又轻轻的哼着巫师十二月里为人还愿迎神的歌玩——

　　你大仙，你大神，睁眼看看我们这里人！
　　他们既诚实，又年青，又身无疾病。
　　他们大人会喝酒，会做事，会睡觉。
　　他们孩子能长大，能耐饥，能耐冷。
　　他们牯牛肯耕田，山羊肯生仔，鸡鸭肯孵卵。
　　他们女人会织布，会唱歌，会找她心中欢喜的情人！
　　你大神，你大仙，排驾前来站两边！
　　关夫子身跨赤兔马，
　　尉迟恭手拿大铁鞭！

　　你大仙，你大神，云端下降慢慢行！
　　张果老驴上得坐稳，
　　铁拐李脚下要小心！
　　福禄绵绵是神恩，
　　和风和雨神好心，
　　好酒好饭当前阵，
　　肥猪肥羊火上烹！

　　洪秀全，李鸿章，

你们在生是霸王；
杀人放火尽节全忠各有道，
今来坐席又何妨！

慢慢吃，慢慢喝，
月白风清好过河！
醉时携手同归去，
我当为你再唱歌！

那首歌声音既极柔和，快乐中又微带忧郁。唱完了这个歌，翠翠心上觉得浸入一丝儿凄凉。她想起秋末酬神还愿时田坪中的火燎同鼓角。

远处鼓声已起来了，她知道绘有朱红长线的龙船这时节已下河了。细雨依然落个不止，溪面一片烟。

九

祖父回家时，大约已将近平常吃早饭时节了，肩上手上全是东西。一上小山头便喊翠翠，要翠翠拉船过小溪来迎接他。翠翠眼看到多少人已进了城，正在船上急得莫可奈何，听到祖父的声音，精神旺了，锐声答着："爷爷，爷爷，我来了!"老船夫从码头边上了渡船后,把肩上手上的东西搁到船头上,一面帮着翠翠拉船,一面向翠翠笑着,如同一个小孩子,神气充满了谦虚与羞怯。"翠翠,你急坏了,是不是?"翠翠本应埋怨祖父的,但她却回答说:"爷爷,我知道你在河街上劝人喝酒,好玩得很。"翠翠还知道祖父极高兴到河街上去玩,但如此说来,将更使祖父害羞乱嚷了,因此话到口边不提出。

翠翠把搁在船头的东西一一估计在眼里,不见了酒葫芦。翠翠嗤的笑了。

"爷爷,你倒慷慨大方,请城中副爷和船上人吃酒,连葫芦也让他们吃到肚里去了!"

祖父笑着,忙作说明:

"那里,那里,我那葫芦被顺顺大伯扣下了。他见我在河街上请人喝酒,就说:'喂,喂,摆渡的张横,这不成的。你不开槽坊,如何这样子!你要作仁义大哥梁山好汉,把你那个放下来,请我全喝了吧。'他当真那么说,'请我全喝了吧'。我把葫芦放下了。但是我猜想他是同我闹着玩的。他家里还少烧酒吗?翠翠,你说是不是?……"

"爷爷,你以为人家不是真想喝你的酒,便是同你开玩笑吗?"

"那是怎么的?"

"你放心,人家一定因为你请客不是地方,所以扣下你的葫芦,不让你请人把酒喝完。等等就会派毛伙为你送来的,你还不明白,真是!——"

"唉,当真会是这样的!"

说着船已拢了岸,翠翠抢先帮祖父搬东西回家,但结果却只拿了那尾鱼,那个花褡裢;褡裢中钱已用光了,却有一包白糖,一包芝麻小饼子。

两人刚把新买的东西搬运到家中,对溪就有人喊过渡,祖父要翠翠看着肉菜免得被野猫拖去,争先下溪去做事,一会儿,便同那个过渡人笑着嚷着到家中来了。原来这人便是送酒葫芦的。只听到祖父说:"翠翠,你猜对了。人家当真把酒葫芦送来了!"

翠翠来不及向灶边走去,祖父同一个年纪青青的脸黑肩膊宽的人,便进到屋里了。

翠翠同客人皆笑着,让祖父把话说下去。客人又望着翠翠笑,翠翠仿佛明白为什么被人望着,有点不好意思起来,走到灶边烧火去了。溪边又有人喊过渡,翠翠赶忙跑出门外船上去,把人渡过了溪。恰好又有人过溪。天虽落小雨,过渡人却分外多,一连三次。翠翠在船上一面做事一面想起祖父的趣处。不知怎么的,从城里被人打发来送酒葫芦的,她觉得好像是个熟人。可是眼睛里像是熟人,却不明白在什么地方见过面。但也正像是不肯把这人想到某方面去,方猜不着这来人的身分。

第四章 湘水多情人

祖父在岩坎上边喊:"翠翠,翠翠,你上来歇歇,陪陪客!"本来无人过渡便想上岸去烧火,但经祖父一喊,反而有意装听不到,不上岸了。

来客问祖父"进不进城看船",老渡船夫就说:"今天来往人多,应当看守渡船。"两人又谈了些别的话。到后来客方言归正传:

"伯伯,你翠翠像个大人了,长得很好看!"

撑渡船的笑了。"口气同哥哥一样,倒爽快呢。"这样想着,却那么说:"二老,这地方配受人称赞的只有你,人家都说你好看!'八面山的豹子,地地溪的锦鸡',全是特为颂扬你这个人好处的警句!"

"但是,这很不公平。"

"很公平的!我听船上人说,你上次押船,船到三门下面白鸡关滩口出了事,从急浪中你援救过三个人。你们在滩上过夜,被村子里女人见着了,人家在你棚子边唱歌一整夜,是不是真有其事?"

"不是女人唱歌一夜,是狼嗥。那地方著名多狼,只想得机会吃我们!我们烧了一大堆火,吓住了它们,才不被吃!"

老船夫笑了:"那更妙!人家说的话还是很对的。狼是只吃姑娘,吃小孩,吃十八岁标致青年,像我这种老骨头,它不要吃,只嗅一嗅就会走开的!"

那二老说:"伯伯,你到这里见过两万个日头,别人家全说我们这个地方风水好,出大人,不知为什么原因,如今还不出大人?"

"你是不是说风水好应出有大名头的人?我以为这种人,不生在我们这个小地方,也不碍事。我们有聪明、正直、勇敢、耐劳的年青人,就够了。像你们父子兄弟,为本地方增光彩已经很多很多!"

"伯伯,你说得好,我也是那么想。地方不出坏人出好人,如伯伯那么样子,人虽老了,还硬朗得同棵楠木树一样,稳稳当当的活到这块地面,又正经,又大方,难得的咧。"

"我是老骨头了,还说什么。日头,雨水,走长路,挑分量沉重的担子,大吃大喝,挨饿受寒,自己分上的都拿过了,不久就会躺到这冰凉土地上喂蛆吃的。这世界有的是你们小伙子分上的一切,应当好好的干,日头不辜负你们,你们也莫辜负日头!"

"伯伯,看你那么勤快,我们年青人不敢辜负日头!"

说了一阵,二老想走了,老船夫便站到门口去喊叫翠翠,要她到屋里来烧水煮饭,掉换他自己看船。翠翠不肯上岸,客人却已下船了。翠翠把船拉动时,祖父故意装作埋怨神气说:

"翠翠,你不上来,难道要我在家里做媳妇煮饭吗?这个我可做不来!"

翠翠斜睨了客人一眼,见客人正盯着她,便把脸背过去,抿着嘴儿,不声不响,很自负的拉着那条横缆。船慢慢拉过对

岸了。客人站在船头同翠翠说话:

"翠翠,吃了饭,和你爷爷到我家吊脚楼上去看划船吧?"

翠翠不好意思不说话,便说:"爷爷说不去,去了无人守这个船。"

"你呢?"

"爷爷不去,我也不去。"

"你也守船吗?"

"我陪我爷爷。"

"我要一个人来替你们守渡船,好不好?"

砰的一下船头已撞到岸边土坎上了,船拢了岸。二老向岸上一跃,站在斜坡上说:

"翠翠,难为你!……我回去就要人来替你们。你们赶快吃饭,一同到我家里去看船,今天人多咧,热闹咧!"

翠翠不明白这陌生人的好意,不懂得为什么一定要到他家中去看船,抿着小嘴笑笑,就把船拉回去了。到了家中一边溪岸后,只见那个年青人还正在对溪小山上,好像等待什么,不即走开。翠翠回转家中,到灶口边去烧火,一面把带点湿气的草塞进灶里去,一面向正在把客人带回的那一葫芦酒试着的祖父询问:

"爷爷,那人说回去就要人来替你,要我们两人去看船,你去不去?"

"你高兴去吗?"

"两人同去我高兴。那个人很好,我像认得他,他姓什么?"

祖父心想:"这倒对了,人家也觉得你好!"祖父笑着说:"翠翠,你不记得你前年在大河边时,有个人说要让大鱼咬你吗?"

翠翠明白了,却仍然装不明白,问:"他是谁?"

"你想想看,猜猜看。"

"一本《百家姓》好多人,我猜不着他是张三李四。"

"顺顺船总家的二老,他认识你,你不认识他啊!"他呷了一口酒,像赞美这个酒,又像赞美另一个人,低低的说:"好的,妙的,这是难得的。"

过渡的人在门外坎下叫唤着,老祖父口中还是"好的,妙的……"匆匆的下船做事去了。

十

吃饭时隔溪有人喊过渡,翠翠抢着下船,到了那边,方知道原来过渡的人,便是船总顺顺家派来作替手的水手。这人一见翠翠就说道:"二老要你们一吃了饭就去,他已下河了。"见了祖父又说:"二老要你们吃了饭就去,他已下河了。"

张耳听听,便可听出远处鼓声已较繁密,从鼓声里使人想到那些极狭的船,在长潭中笔直前进时,水面上画着如何美丽的长长的线路，真是有意思的一个节日！

新来的人茶也不吃，便在船头站稳了。翠翠同祖父吃饭时，邀他喝一杯，只是摇头推辞。祖父说：

"翠翠，我不去，你同黄狗去好不好？"

"要不去，我也不想去。"

"我去呢？"

"我本来也不想去，但是我愿意陪你去。"

祖父微笑着："翠翠，翠翠，你陪我去，好的，你就陪我去。"

祖父同翠翠到城里大河边时，河岸边早站满了人。细雨已经停止，地面还是湿湿的。祖父要翠翠过河街船总家吊脚楼上去看船，翠翠却似乎有心事怕到那边去，以为站在河边较好。两人虽在河边站定，不多久，顺顺便派人来把他们请去了。吊脚楼上已有了很多的人。早上过渡时，为翠翠所注意的乡绅妻女，受顺顺家的特别款待，占据了两个最好窗口，一见到翠翠，那女孩子就说："你来，你来！"翠翠带着点儿羞怯走去，坐在他们身后边条凳上，祖父不久便走开了。

祖父并不看龙船竞渡，却为一个熟人拉到河上游半里路远近，过一个新碾坊看水碾子去了。老船夫对于水碾子原来就极有兴味的。倚山滨水来一座小小茅屋，屋中有那么一个圆石片子，固定在一个檀木横轴上，斜斜的搁在石槽里。当水闸门抽去时，流水冲激地下的暗轮，上面的圆石片便飞转起来。作主人的管理这个东西，把毛谷倒进石槽中去，把碾好的米弄出，放在屋角隅长方箩筛里，再筛去糠灰。地下全是糠灰，自己头上包着块白布帕子，头上肩上也全是糠灰。天气好时就在碾坊前后隙地里种些萝卜、青菜、大蒜、四季葱。水沟坏了，就把裤子脱去，到河里去堆砌石头，修理泄水处。水碾坝若修筑得好，还可装个小小鱼梁，涨小水时就自会有鱼上梁来，不劳而获。在河边管理一个碾坊比管理一只渡船多变化，有趣味，情形一看也就明白了。但一个撑渡船的若想有座碾坊，那简直是不可能的妄想。凡碾坊照例是属于当地员外财主的产业。那熟人把老船夫带到碾坊边时，就告给他这碾坊业主为谁。两人一面各处视察，一面说话。

那熟人用脚踢着新碾盘说：

"中寨人自己坐在高山寨子上，却欢喜来到这大河边置产业；这是中寨王团总的，值大钱七百吊！"

老船夫转着那双小眼睛，很羡慕的去欣赏一切，估计一切，把头点着，且对于碾坊中物件一一加以很得体的批评。后来两人就坐到那还未完工的白木条凳上去，熟人又说到这碾坊的将来，似乎是团总女儿陪嫁的妆奁。那人于是想起了翠翠，且记起大老过去一时托过他的事情来了，便问道：

"伯伯，你翠翠今年十几岁？"

"满十四岁进十五岁。"老船夫说过这句话后，便接着在心中计算过去的年月。

"十四岁姑娘多能干,将来谁得她真有福气!"

"有什么福气?又无碾坊陪嫁,一个光人。"

"别说一个光人,一个有用的人,两只手抵得过五座碾坊。洛阳桥也是鲁般两只手造成的!……"这样那样的说着,表示对老船夫的抗议。说到后来那人自然笑了。

老船夫也笑了,心想:"翠翠有两只手,将来也去造洛阳桥吧,新鲜事喔!"

那人过了一会儿又说:

"茶峒人年青男子眼睛光,选媳妇也极在行。伯伯,你若不多我的心时,我就说个笑话给你听。"

老船夫问:"是什么笑话?"

那人说:"伯伯你若不多心时,这笑话也可以当真话去听咧。"

老船夫心想:"原来是要做说客的,想说就说吧。"

接着说下去的就是顺顺家大老如何在人家面前赞美翠翠,且如何托他来探听老船夫口气那么一件事。末了还同老船夫来转述另一回会话的情形。"我问他:'大老,大老,你是说真话还是说笑话?'他就说:'你为我去探听探听那老的,我欢喜翠翠,想要翠翠,是真话呀!'我说:'我这人口钝得很,话说出了口收不回,万一说错了,老的一巴掌打来呢?'他说:'你怕打,你先当笑话去说,不会挨打的!'所以,伯伯,我就把这件真事情当笑话来同你说了。你试想想,他初九从川东回来见我时,我应当如何回答他?"

老船夫记起前一次大老亲口所说的话,知道大老的意思很真,且知道顺顺也欢喜翠翠,心里很高兴。但这件事照本地规矩,得这个人带封点心亲自到碧溪岨家中去说,方见得慎重其事。老船夫就说:"等他来时你说:老家伙听过了笑话后,自己也说了个笑话,他说:'下棋有下棋规矩,车是车路,马是马路,各有走法。大老若走的是车路,应当由大老爹爹作主,请了媒人来正正经经同我说。若走的是马路,应当自己作主,站在渡口对溪高崖上,为翠翠唱三年六个月的歌。'一切由翠翠自己作主!"

"伯伯,若唱三年六个月的歌,动得了翠翠的心,我赶明天就自己来唱歌了。"

"你以为翠翠肯了,我还会不肯吗?"

"不咧,人家以为这件事情你老人家肯了,翠翠便无有不肯呢。"

"不能那么说,这是她的事呵!"

"便是她的事情,可是必须老的作主。人家也仍然以为在日头月光下唱三年六个月的歌,还不如得伯伯说一句话好!"

"那么,我说,我们就这样办。等他从川东回来时,要他同顺顺去说个明白。我呢,我也先问问翠翠;若以为听了三年六个月的歌,再跟那唱歌人走去有意思些,我就请你劝大老走他那弯弯曲曲的马路。"

"那好的。见了他,我就说:'大老,笑话吗,我已经说过了,没有挨打。真话呢,看你自己的命运去了。'当真看他的命运去了,不过我明白,他的命运,还是在你老人家手上捏着紧紧的。"

"老兄弟,不是那么说!我若捏得定这件事,我马上就答应了你。"

这里两人把话说完后,就过另一处看一只顺顺新近买来的三舱船去了。河街上顺顺吊脚楼方面,却发生了如下事情。

翠翠虽被那乡绅女人喊到身边去坐,地位非常之好,从窗口望出去,河中一切朗然在望,然而心中可不安宁。挤在其他几个窗口看热闹的人,似乎都常常把眼光从河中景物挪到这边几个人身上来。还有些人故意装成有别的事情样子,从楼这边走过那一边,事实上却全为的是好仔细看看翠翠这方面几个人。翠翠心中老不自在,只想借故跑去。一会儿河下的炮声响了,几只从对河取齐的船只,直向这方面划来。先是四条船相去不远,如四支箭在水面射着,到了一半,已有两只船占先了些;再过一会子,那两只船中间便又有一只超过了并进的船只而前,看看船到了税局门前时,第二次炮声又响,那船便胜利了。这时节胜利的已判明属于河街人所划的一只,各处便响着庆祝的小鞭炮。那船于是沿了河街吊脚楼划去,鼓声蓬蓬作响,河边与吊脚楼各处,都同时呐喊表示快乐的祝贺。翠翠眼见在船头站定、摇动小旗指挥进退,头上包着红布的那个年青人,便是送酒葫芦到碧溪岨的二老,心中便印着两年前的旧事:"大鱼吃掉你!""吃掉不吃掉,不用你这个人管!""好的,我就不管!""狗,狗,你也看人叫!"想起狗,翠翠才注意到自己身边那只黄狗,早已不知跑到什么地方去,便离了座位,在楼上各处找寻她的黄狗,把船头人忘掉了。

她一面在人丛里找寻黄狗,一面听人家正说些什么话。

一个大脸妇人问:"是谁家的人,坐到顺顺家当中窗口前那块好地方?"

一个妇人就说:"是寨子上王乡绅大姑娘,今天说是自己来看船,其实来看人,同时也让人看!人家命好,有福气坐那块好地方!"

"看什么人?被谁看?"

"嗨,你还不明白,王乡绅想同顺顺打亲家呢。"

"那姑娘配什么人?是大老,还是二老?"

"说是二老呀,等等你们看这岳云,就会上楼来拜他丈母娘的!"

另有一个女人便插嘴说:"事弄成了,好得很呢!人家在大河边有一座崭新碾坊陪嫁,比雇十个长年还得力一些。"

有人问:"二老怎么样?可乐意?"

又有人就轻轻的可是极肯定的说:"二老已说过了——这不必看,第一件事我就不想作那个碾坊的主人!"

"你听岳云二老亲口说过吗?"

"我听别人说的。还说二老欢喜一个撑渡船的。"

"他又不是傻小二,不要碾坊,要渡船吗?"

"那谁知道。横顺人是'牛肉炒韭菜,各人心里爱',只看各人心里爱什么就吃什么。渡船不会不如碾坊!"

当时各人眼睛对着河里,信口说着这些闲话,却无一个人回头来注意到身后边的翠翠。

翠翠脸发火烧走到另外一处去,又听有两个人提及这件事,且说:"一切早安排好了,只需要二老一句话。"又说:"只看二老今天那么一股劲儿,就可以猜想得出,这劲儿是岸上一个黄花姑娘给他的!"谁是激动二老的黄花姑娘?听到这个心中不免有点儿乱。

翠翠人矮了些,在人背后已望不见河中情形,只听到擂鼓声渐近渐激越,岸上呐喊声自远而近,便知道二老的船恰恰经过楼下。楼上人也大喊着,夹杂叫着二老的名字。乡绅太太那方面,且有人放小百子鞭炮。忽然有人又用另外一种惊讶声音喊着,且同时便见许多人出门向河下走去。翠翠不知出了什么事,心中有点迷乱,正不知走回原来座位边去好,还是依然站在人背后好,只见那边正有人拿了个托盘,装了一大盘粽子同细点心,在请乡绅太太小姐用点心,不好意思再过那边去,便想也挤出大门外到河下去看看。从河街一个盐店旁边甬道下河时,正在一排吊脚楼的梁柱间,迎面碰上一群人,护着那个头包红布的二老来了。原来二老因失足落水,已从水

中爬起来了。路太窄了一些,翠翠虽闪过一旁,与迎面来人仍然得肘子触着肘子。二老一见翠翠就说:

"翠翠,你来了,爷爷也来了吗?"

翠翠脸还发着烧不便作声,心想:"黄狗跑到什么地方去了呢?"

二老又说:"怎不到我家楼上去看呢?我已要人替你弄了个好位子。"

翠翠心想:"碾坊陪嫁,希奇事情咧。"

二老不能逼迫翠翠回去,到后便各自走开了。翠翠到河下时,小小心腔中充满了一种说不分明的东西。是烦恼吧,不是!是忧愁吧,不是!是快乐吧,不,有什么事情使这个女孩子快乐呢?是生气了吧,——是的,她当真仿佛觉得自己是在生一个人的气,又像是在生自己的气。河边人太多了,码头边浅水中,船桅船篷上,以至于吊脚楼的柱子上,无不挤满了人。翠翠自言自语说:"人那么多,有什么三脚猫好看?"先还以为可以在什么船上发现她的祖父,但各处搜寻了一阵,却无祖父的影子。她挤到水边去,一眼便看到了自己家中那条黄狗,同顺顺家一个长年,正在去岸数丈一只空船上看热闹。翠翠锐声叫喊了两声,黄狗张着耳叶昂头四面一望,便猛的扑下水中,向翠翠方面泅来了。到了身边时,狗身上已全是水,把水抖着且跳跃不已,翠翠便说:"得了,装什么疯!你又不翻船,谁要你落水呢?"

翠翠同黄狗各处找祖父去，在河街上一个木行前恰好遇着了祖父。

老船夫说："翠翠，我看了个好碾坊，碾盘是新的，水车是新的，屋上稻草也是新的！水坝管着一绺水，急溜溜的，抽水闸板时水车转得如陀螺。"

翠翠带着点做作问："是什么人的？"

"是什么人的？住在山上的员外王团总的。我听人说是那中寨人为女儿作嫁妆的东西，好不阔气，包工就是七百吊大制钱，还不管风车，不管家什。"

"是什么人讨那个人家的女儿？"

祖父望着翠翠干笑着："翠翠，大鱼咬你，大鱼咬你。"

翠翠因为对于这件事心中有了个数目，便仍然装着全不明白，只询问祖父："爷爷，什么人得到那个碾坊？"

"岳云二老！"祖父说了，又自言自语的说，"有人羡慕二老得到碾坊，也有人羡慕碾坊得到二老！"

"谁羡慕呢，爷爷？"

"我羡慕。"祖父说着便又笑了。

翠翠说："爷爷，你今天又喝醉了。"

"可是二老还称赞你长得美呢。"

翠翠说："爷爷，你醉疯了。"

祖父说："爷爷不醉不疯……去，我们到河边看他们放鸭子去。可惜我老了，不能下水里去捉只鸭子回家焖紫姜吃。"

他还想说:"二老捉得鸭子,一定又会送给我们的。"话不及说,二老来了,站在翠翠面前微笑着。翠翠也不由不抿着嘴微笑着。

于是三个人回到吊脚楼上去。

十一

有人带了礼物到碧溪岨。掌水码头的顺顺,当真请了媒人为儿子向驾渡船的攀亲戚来了。老船夫看见杨马兵手中提了红纸封的点心,慌慌张张把这个人渡过溪口,一同到家里去。翠翠正在屋门前剥豌豆,来了客并不如何注意。但一听到客人进门说"贺喜贺喜",心中有事,不敢再蹲在屋门边,就装作追赶菜园地的鸡,拿了竹响篙唰唰的摇着,一面口中轻轻喝着,向屋后白塔跑去了。

马兵说了些闲话,言归正传转述到顺顺的意见时,老船夫不知如何回答,只是很惊惶的搓着两只茧结的大手,好像这不会真有其事,而且神气中只像在说"那好的,那妙的",其实这老头子却不曾说过一句话。

来人把话说完后,就问作祖父的意见怎么样。老船夫笑着把头点着说:"大老想走车路,这个很好。可是我得问问翠翠,看她自己主张怎么样。"来人被打发走后,祖父在船头叫翠翠下河边来说话。

翠翠拿了一簸箕豌豆下到溪边,上了船,娇娇的问她的祖父:"爷爷,你有什么事?"祖父笑着不说什么,只偏着个白发盈颠的头看着翠翠,看了许久。翠翠坐到船头,有点不好意思,低下头去剥豌豆,耳中听着远处竹篁里的黄鸟叫。翠翠想:"日子长咧,爷爷话也长了。"翠翠心轻轻的跳着。

过了一会儿,祖父说:"翠翠,翠翠,刚才那个杨伯伯来作什么,你知道不知道?"

翠翠说:"我不知道。"说后脸同颈脖全红了。

祖父看看那种情景,明白翠翠的心事了,便把眼睛向远处望去,在空雾里望见了十五年前翠翠的母亲,老船夫心中异常柔和了,轻轻的自言自语说:"每一只船总要有个码头,每一只雀儿得有个窠。"他同时想起那个可怜的母亲过去的事情,心中有了一点隐痛,却勉强笑着。

翠翠呢,正从山中黄鸟、杜鹃叫声里,以及山谷中伐竹人哚哚一下一下的砍伐竹子声音里,想到许多事情。老虎咬人的故事,和人对骂时四句头的山歌,造纸作坊中的方坑,铁工场熔铁炉里泄出的铁汁,耳朵听来的,眼睛看到的,她似乎都要去温习温习。她所以这样做,又似乎全只为了希望忘掉眼前的一桩事件而起。但她实在有点误会了。

祖父说:"翠翠,船总顺顺家里请人来做媒,想讨你做媳妇,问我愿不愿。我呢,人老了,再过三年两载会过去的,我没有不愿意的事情。这是你自己的事,你自己想想,自己来说。愿意,就成了;不愿意,也好。"

翠翠不知如何处理这个崭新问题,装作从容,怯怯的望着老祖父。又不便问什么,当然也不好回答。

祖父又说:"大老是个有出息的人,为人又正直,又慷慨,你嫁了他,算是命好!"

翠翠弄明白了,人来做媒的是大老!不曾把头抬起,心忡忡的跳着,脸烧得厉害,仍然剥她的豌豆,且随手把空豆荚抛到水中去,望着它们在流水中从从容容的流去,自己也俨然从容了许多。

见翠翠总不作声,祖父于是笑了,且说:"翠翠,想几天不碍事。洛阳桥不是一个晚上造得好的,要日子咧。前次那个人来,就向我说起这件事,我已经告过他:车是车路,马是马路,各有规矩!想爸爸作主,请媒人正正经经来说是车路;要自己作主,站到对溪高崖竹林里为你唱三年六个月的歌是马路。——你若欢喜走马路,我相信人家会为你在日头下唱热情的歌,在月光下唱温柔的歌,像只杜鹃一样一直唱到吐血喉咙烂!"

翠翠不作声,心中只想哭,可是也无理由可哭。祖父还是再说下去,便引到死去了的母亲来了。老人话说了一阵,沉默了。翠翠悄悄把头撇过一些,见祖父眼中业已酿了一汪眼泪。翠翠又惊又怕,怯生生的说:"爷爷,你怎么的?"祖父不作声，用大手掌擦着眼睛，小孩子似的咕咕笑着，跳上岸跑回家中去了。

翠翠心中乱乱的，想赶去却不赶去。

雨后放晴的天气，日头炙到人肩上、背上已有了点儿力量。溪边芦苇水杨柳，菜园中菜蔬，莫不繁荣滋茂，带着一分有野性的生气。草丛里绿色蚱蜢各处飞着，翅膀搏动空气时窸窸作声。枝头新蝉声音虽不成腔，却已渐渐宏大。两山深翠逼人的竹篁中，有黄鸟与竹雀、杜鹃交递鸣叫。翠翠感觉着，望着，听着，同时也思索着：

"爷爷今年七十岁……三年六个月的歌——谁送那只白鸭子呢？……得碾子的好运气，碾子得谁更是好运气……"

痴着，忽地站起，半簸箕豌豆便倾倒到水中去了。伸手把那簸箕从水中捞起时，隔溪有人喊过渡。

十二

翠翠第二天第二次在白塔下菜园地里，被祖父询问到自己主张时，仍然心儿忡忡的跳着，把头低下不作理会，只顾用手去掐葱。祖父笑着，心想："还是等等看，再说下去这一畦葱会全掐掉了。"同时似乎又觉得这其间有点古怪处，不好再说下去，便自己按捺住言语，用一个做作的笑话，把问题引到另外一件事情上去了。

天气渐渐的越来越热了。近六月时，老船夫把一个满是灰尘的黑陶缸子，从屋角隅里搬出，自己还匀出些闲工夫，拼了几方木板，作成一个圆盖；又锯木头作成一个三脚架子，且削刮了个大竹筒，用葛藤系定，放在缸边作为舀茶的家具。自从这茶缸移到屋门溪边后，每早上翠翠就烧一大锅开水，倒进那缸子里去。有时缸里加些茶叶，有时却只放下一些用火烧焦的锅巴，趁那东西还燃着时便抛进缸里去。老船夫且照例准备了些发痧肚痛、治疱疮疡子的草根木皮，把这些药搁在家中当眼处，一见过渡人神气不对，就忙匆匆的把药取来，善意的勒迫这过路人使用他的药方，且告给人这许多救急丹方的来源（这些丹方自然全是他从城中军医同巫师学来的）。他终日裸着两只膀子，在溪中方头船上站定，头上还常常是光光的，一头短短白发，在日光下如银子。翠翠依然是个快乐人，屋前屋后跑着唱着，不跑动时就坐在门前高崖树荫下，吹小竹管儿玩。爷爷仿佛把大老提婚的事早已忘掉，翠翠自然也似乎忘掉这件事情了。

可是那做媒的不久又来探口气了，依然同从前一样，祖父把事情成否全推到翠翠身上去，打发了媒人上路。回头又同翠翠谈了一次，也依然不得结果。

老船夫猜不透这事情在这什么方面有个疙瘩，解除不去，夜里躺在床上便常常陷入一种沉思里去，隐隐约约体会到一件事情（翠翠爱二老不爱大老）。再想下去便是……想到了这里时，他笑了，为了害怕而勉强笑了。其实他有点忧愁，因为他忽然觉得翠翠一切全像那个母亲，而且隐隐约约便感觉到这母女二人共同的命运。一堆过去的事情蜂拥而来，不能再睡下去了，一个人便跑出门外，到那临溪高崖上去，望天上的星辰，听河边纺织娘和一切虫类如雨的声音，许久许久还不睡觉。

这件事翠翠自然是注意不及的。这小女孩子日里尽管玩着，工作着，也同时为一些很神秘不易具体明白的东西驰骋她那颗小小的心，但一到夜里，却依旧甜甜的睡眠了。

不过一切都得在一份时间中变化。这一家安静平凡的生活，也因了一堆接连而来的日子，在人事上把那安静空气完全打破了。

船总顺顺家中一方面，则天保大老的事已被二老知道了，傩送二老同时也让他哥哥知道了弟弟的心事。这一对难兄难弟原来同时都爱上了那个撑渡船的外孙女。这事情在本地人说来也并不希奇。边地俗话说："火是各处可烧的，水是各处可流的，日月是各处可照的，爱情是各处可到的。"有钱船总儿子，爱上一个弄渡船的穷人家女儿，不能成为希罕的新闻，有一点困难处，只是这两兄弟到了谁应取得这个女人做媳妇时，是不是也还得照茶峒人规矩，来一次流血的挣扎？

兄弟两人在这方面是不至于动刀的，但也不作兴有"情人奉让"，如大都市懦怯男子爱与仇对面时作出的可笑行为。

那哥哥同弟弟在河上游一个造船的地方，看他家中那一只新船，在新船旁把一切心事全告给了弟弟，且附带说明，这点念头还是两年前植下根基的。弟弟微笑着，把话听下去。两人从造船处沿了河岸又走到王乡绅新碾坊去，那大哥就说：

"二老，你运气倒好，作了王团总女婿，有座碾坊。我呢，若把事情弄好了，我应当接那个老的手来划渡船了。我欢喜这个事情，我还想把碧溪岨两个山头买过来，在界线上种一片大楠竹，围着这一条小溪作为我的寨子！"

那二老仍然默默的听着，把手中拿的一把弯月形镰刀随意斫削路旁的草木，到了碾坊时，却站住了向他哥哥说：

"大老，你信不信这女子心上早已有了个人？"

"我不信。"

"大老，你信不信这碾坊将来归我？"

"我不信。"

两人于是进了碾坊。

二老说："你不必——大老，我再问你，假若我不想得到这座碾坊，却打量要那只渡船，而且这念头也是两年前的事，你信不信呢？"

那大哥听来真着了一惊，望了一下坐在碾盘横轴上的傩送二老，知道二老不是说玩笑，于是站近了一点，伸手在二老肩上拍打了一下，且想把二老拉下来。他明白了这件事，他笑了。他说："我相信的，你说的全是真话！"

二老把眼睛望着他的哥哥，很诚实的说：

"大老，相信我，这是真事。我早就那么打算到了。家中不答应，那边若答应了，我当真预备去弄渡船的！——你告我，你呢？"

"爸爸已听了我的话，为我要城里的杨马兵做保山，向划渡船的说亲去了！"大老说到这个求亲手续时，好像知道二老要笑他，又解释要保山去的用意，只是"因为老的说车有车路，马有马路，我就走了车路"。

"结果呢？"

"得不到什么结果。老的口上含李子，说不明白。"

"马路呢？"

"马路呢，那老的说若走马路，我得在碧溪岨对溪高崖上唱三年六个月的歌。把翠翠心子唱软，翠翠就归我了。"

"这并不是个坏主张！"

"是呀，一个结巴人话说不出还唱得出。可是这件事轮不到我了，我不是竹雀，不会唱歌。鬼知道那老人家存心是要把孙女儿嫁个会唱歌的水车，还是预备规规矩矩嫁个人！"

"那你打算怎么样？"

"我想告那老的，要他说句实在话。只一句话。不成，我跟船下桃源去了；成呢，便是要我撑渡船，我也答应了他。"

"唱歌呢？"

"这是你的拿手好戏,你要去做竹雀,你就赶快去吧,我不会检马粪塞你嘴巴的。"

二老看到哥哥那种样子,便知道为这件事哥哥感到如何烦恼了。他明白他哥哥的性情,代表了茶峒人粗卤爽直一面,弄得好,掏出心子来给人也很慷慨做去,弄不好,亲舅舅也必一是一,二是二。大老何尝不想在车路上失败时走马路,但他一听到二老的坦白陈述后,他就知道马路只二老有分,他自己的事不能提了。因此他有点气恼,有点愤慨,自然是无从掩饰的。

二老想出了个主意,就是两兄弟月夜里同到碧溪岨去唱歌,莫让人知道是弟兄两个,两人轮流唱下去,谁得到回答,谁便继续用那张唱歌胜利的嘴唇,服侍那划渡船的外孙女。大老不善于唱歌,轮到大老时也仍然由二老代替。两人凭命运来决定自己的幸福,这么办可说是极公平了。提议时,那大老却以为自己不会唱,也不想请二老替他做竹雀。但二老那种诗人性格,使他很固执的要哥哥实行这个办法。二老说必须这样作,一切才公平一点。

大老把弟弟提议想想,作了一个苦笑。"×娘的,自己不是竹雀,还请老弟做竹雀!好,就是这样子,我们各人轮流唱,我也不要你帮忙,一切我自己来吧。树林子里的猫头鹰,声音不动听,要老婆时也仍然是自己叫下去,不请人帮忙的!"

两人把事情说妥当后，算算日子，今天十四，明天十五，后天十六，接连而来的三个日子，正是有大月亮天气。气候既到了中夏，半夜里不冷不热，穿了自家机布汗褂，到那些月光照及的高崖上去，遵照当地的习惯，很诚实与坦白去为一个"初生之犊"的黄花女唱歌。露水降了，歌声涩了，到应当回家了时，就趁残月赶回家去。或过那些熟识的整夜工作不息的碾坊里去，躺到温暖的谷仓里小睡，等候天明。一切安排都极其自然，结果是什么，两人虽不明白，但也看得极其自然。两人便决定了从当夜起始，来作这种为当地习惯所认可的竞争。

十三

黄昏来时，翠翠坐在家中屋后白塔下，看天空被夕阳烘成桃花色的薄云。十四中寨逢场，城中生意人过中寨收买山货的很多，过渡人也特别多。祖父在溪中渡船上，忙个不息。天已快夜，别的雀子似乎都休息了，只杜鹃叫个不息。石头泥土为白日晒了一整天，草木为白日晒了一整天，到这时节各放散出一种热气。空气中有泥土气味，有草木气味，还有各种甲虫类气味。翠翠看着天上的红云，听着渡口飘乡生意人的杂乱声音，心中有些儿薄薄的凄凉。

黄昏照样的温柔、美丽和平静。但一个人若体念或追究到这个当前一切时,也就照样的在这黄昏中会有点儿薄薄的凄凉。于是,这日子成为痛苦的东西了。翠翠在成熟中的生命,觉得好像缺少了什么。好像眼见到这个日子过去了,想在一件新的人事上攀住它,但不成。好像生活太平凡了,忍受不住。于是胡思乱想:

"我要坐船下桃源县过洞庭湖,让爷爷满城打锣去叫我,点了灯笼火把去找我。"

她便同祖父故意生气似的,很放肆的去想到这样一件不可能事情,且想象她出走后,祖父用各种方法寻觅她都无结果,到后无可奈何躺在渡船上。

"人家喊:'过渡,过渡,老伯伯,你怎么的,不管事!''怎么的?我家翠翠走了,下桃源县了!''那你怎么办?''怎么办吗?拿了把刀,放在包袱里,搭下水船去杀了她!'……"

翠翠仿佛当真听着这种对话,吓怕起来了,一面锐声喊着她的祖父,一面从坎上跑向溪边渡口去。见到了祖父正把船拉在溪中心,船上人嗫嚅说着话,小小心子还依然跳跃不已。

"爷爷,爷爷,你把船拉回来呀!"

那老船夫不明白她的意思,还以为是翠翠要为他代劳了,就说:

"翠翠,等一等,我就回来!"

"你不拉回来了吗?"

"我就回来!"

第四章　湘水多情人

翠翠坐在溪边,望着溪面为暮色所笼罩的一切,且望到那只渡船上一群过渡人,其中有个吸旱烟的打着火镰吸烟,把烟杆在船边剥剥的敲着烟灰,就忽然哭起来了。

祖父把船拉回来时,见翠翠痴痴的坐在岸边,问她是什么事,翠翠不作声。祖父要她去烧火煮饭,想了一会儿,觉得自己哭得可笑,一个人便回到屋中去,坐在黑黝黝的灶边把火烧燃后,她又走到门外高崖上去,喊叫她的祖父,要他回家里来。在职务上毫不儿戏的老船夫,因为明白过渡人是要赶回城中吃晚饭的,人来一个就渡一个,不便要人站在那岸边呆等,故不上岸来,只站在船头告翠翠,不要叫他,且让他做点事,把人渡完事后,就会回家里来吃饭。

翠翠第二次请求祖父,祖父不理会,她坐在悬崖上,很觉得悲伤。

天夜了,有一匹大萤火虫尾上闪着蓝光,很迅速的从翠翠身旁飞过去,翠翠想:"看你飞得多远!"便把眼睛随着那萤火虫的明光追去。杜鹃又叫了。

"爷爷,为什么不上来?我要你!"

在船上的祖父听到这种带着娇、有点儿埋怨的声音,一面粗声粗气的答道:"翠翠,我就来,我就来!"一面心中却自言自语:"翠翠,爷爷不在了,你将怎么样?"

老船夫回到家中时,见家中还黑黝黝的,只灶间有火光;见翠翠坐在灶边矮条凳上,用手蒙着眼睛。

走过去才晓得翠翠已哭了许久。祖父一个下半天来,都弯着个腰在船上拉来拉去,歇歇时手也酸了,腰也酸了,照规矩,一到家里就会嗅到锅中所焖瓜菜的味道,且可看见翠翠安排晚饭在灯光下跑来跑去的影子。今天情形竟不同了一点。

祖父说:"翠翠,我来慢了,你就哭,这还成吗?我死了呢?"

翠翠不作声。

祖父又说:"不许哭,做一个大人,不管有什么事都不许哭。要硬扎一点,结实一点,才配活到这块土地上!"

翠翠把手从眼睛边移开,靠近了祖父身边去:"我不哭了。"

两人吃饭时,祖父为翠翠述说起一些有趣味的故事。因此提到了死去了的翠翠的母亲。两人在豆油灯下把饭吃过后,老船夫因为工作疲倦,喝了半碗白酒,饭后兴致极好,又同翠翠到门外高崖上月光下去说故事。说了些那个可怜母亲的乖巧处,同时且说到那可怜母亲性格强硬处,使翠翠听来神往倾心。

翠翠抱膝坐在月光下,傍着祖父身边,问了许多关于那个可怜母亲的故事。间或吁一口气,似乎心中压上了些分量沉重的东西,想挪移得远一点,才吁着这种气,可是却无从把那种东西挪开。

月光如银子,无处不可照及,山上竹篁在月光下变成一片黑色。身边草丛中虫声繁密如落雨。间或不知道从什么地方，忽然会有一只草莺"嘘嘘嘘嘘嘘！"啭着它的喉咙，不久之间，这小鸟儿又好像明白这是半夜，不应当那么吵闹，便仍然闭着那小小眼儿安睡了。

祖父夜来兴致很好，为翠翠把故事说下去，就提到了本城人二十年前唱歌的风气，如何驰名于川、黔边地。翠翠的父亲，便是当地唱歌的第一号，能用各种比喻解释爱与憎的结子，这些事也说到了。翠翠母亲如何爱唱歌，且如何同父亲在未认识以前在白日里对歌，一个在半山上竹篁里砍竹子，一个在溪面渡船上拉船，这些事也说到了。

翠翠问："后来怎么样？"

祖父说："后来的事当然长得很，最重要的事情，就是这种歌唱出了你。"

十四

老船夫做事累了，睡了，翠翠哭倦了，也睡了。翠翠不能忘记祖父所说的事情，梦中灵魂为一种美妙歌声浮起来了，仿佛轻轻的各处飘着，上了白塔，下了菜园，到了船上，又复飞窜过对山悬崖半腰——去作什么呢？摘虎耳草！白日里拉船时，她仰头望着崖上那些肥大虎耳草已极熟习。崖壁三五丈高，平时攀折不到手，这时节却可以选顶大的叶子作伞。

一切全像是祖父说的故事，翠翠只迷迷糊糊的躺在粗麻布帐子里草荐上，以为这梦做得顶美顶甜。祖父却在床上醒着，张起个耳朵听对溪高崖上的人唱了半夜的歌。他知道那是谁唱的，他知道是河街上天保大老走马路的第一着，因此又忧愁又快乐的听下去。翠翠因为日里哭倦了，睡得正好，他就不去惊动她。

第二天，天一亮翠翠就同祖父起身了，用溪水洗了脸，把早上说梦的忌讳去掉了，翠翠赶忙同祖父去说昨晚上所梦的事情。

"爷爷，你说唱歌，我昨天就在梦里听到一种顶好听的歌声，又软又缠绵，我像跟了这声音各处飞，飞到对溪悬崖半腰，摘了一大把虎耳草，得到了虎耳草，我可不知道把这个东西交给谁去了。我睡得真好，梦得真有趣！"

祖父温和悲悯的笑着，并不告给翠翠昨晚上的事实。

祖父心里想："做梦一辈子更好，还有人在梦里作宰相中状元咧。"

昨晚上唱歌的，老船夫还以为是天保大老，日来便要翠翠守船，借故到城里去送药，探探情形。在河街见到了大老，就一把拉住那小伙子，很快乐的说：

"大老，你这个人，又走车路又走马路，是怎样一个狡猾东西！"

但老船夫却做错了一件事情，把昨晚唱歌人"张冠李戴"

了。这两弟兄昨晚上同时到碧溪岨去，为了作哥哥的走车路占了先，无论如何也不肯先开腔唱歌，一定得让那弟弟先唱。弟弟一开口，哥哥却因为明知不是敌手，更不能开口了。翠翠同她祖父晚上听到的歌声，便全是那个傩送二老所唱的。大老伴弟弟回家时，就决定了同茶峒地方离开，驾家中那只新油船下驶，好忘却了上面的一切。这时正想下河去看新船装货。老船夫见他神情冷冷的，不明白他的意思，就用眉眼做了一个可笑的记号，表示他明白大老的冷淡处是装成的，表示他有好消息可以奉告。他拍了大老一下，翘起一个大拇指，轻轻的说：

"你唱得很好，别人在梦里听着你那个歌，为那个歌带得很远，走了不少的路！你是第一号，是我们地方唱歌的第一号。"

大老望着弄渡船的老船夫涎皮的老脸，轻轻的说：

"算了吧，你把宝贝孙女儿送给了会唱歌的竹雀吧。"

这句话使老船夫完全弄不明白他的意思。大老从一个吊脚楼甬道走下河去了，老船夫也跟着下去。到了河边，见那只新船正在装货，许多油篓子搁到河岸边。一个水手正用茅草扎成长束，备作船舷上挡浪用的茅把。还有人坐在河边石头上，用脂油擦抹桨板。老船夫问那个水手，这船什么日子下行，谁押船。那水手把手指着大老。老船夫搓着手说：

"大老，听我说句正经话，你那件事走车路，不对；走马路,你有分的!"

那大老把手指着窗口说:"伯伯,你看那边,你要竹雀做孙女婿,竹雀在那里啊!"

老船夫抬头望见二老,正在窗口整理一个渔网。

回碧溪岨到渡船上时,翠翠问:

"爷爷,你同谁吵了架,脸色那样难看!"

祖父莞尔而笑。他到城里的事情,不告给翠翠一个字。

十五

大老坐了那只新油船向下河走去了,留下傩送二老在家。老船夫方面还以为上次歌声既归二老唱的,在此后几个日子里自然还会听到那种歌声。一到了晚间就故意从别样事情上,促翠翠注意夜晚的歌声。两人吃完饭坐在屋里,因屋前滨水,长脚蚊子一到黄昏就嗡嗡的叫着,翠翠便把蒿艾束成的烟包点燃,向屋中角隅各处晃着驱逐蚊子。晃了一阵,估计全屋子里已为蒿艾烟气熏透了,才把烟包搁到床前地上去,再坐在小板凳上来听祖父说话。从一些故事上慢慢的谈到了唱歌,祖父话说得很妙。祖父到后发问道:

"翠翠,梦里的歌可以使你爬上高崖去摘那虎耳草,若当真有谁来在对溪高崖上为你唱歌,你预备怎么样?"祖父把话当笑话说着的。

翠翠便也当笑话答道:"有人唱歌我就听下去,他唱多久我也听多久!"

"唱三年六个月呢?"

"唱得好听,我听三年六个月。"

"这不公平吧。"

"怎么不公平?为我唱歌的人,不是极愿意我长远听他唱歌吗?"

"照理说:'炒菜要人吃,唱歌要人听。'可是人家为你唱,是要你懂他歌里的意思!"

"爷爷,懂歌里什么意思?"

"自然是他那颗想同你要好的真心!不懂那点心事,不是同听竹雀唱歌一样吗?"

"我懂了他的心又怎么样?"

祖父用拳头把自己腿重重的捶着,且笑着:"翠翠,你人乖巧,爷爷笨得很,话说得不温柔,也莫生气。我信口开河,说个笑话给你听。你应当当笑话听。河街天保大老走车路,请保山来提亲,我告诉过你这件事了,你那神气不愿意,是不是?可是,假若那个人还有个兄弟,想走马路,为你来唱歌,向你攀交情,你将怎么说?"

翠翠吃了一惊,低下头去。因为她不明白这笑话究竟有几分真,又不清楚这笑话是谁诌的。

祖父说:"你试告我,愿意哪一个?"

翠翠便勉强笑着,轻轻的带点儿恳求的神气说:

"爷爷,莫说这个笑话吧。"翠翠站起身了。

"我说的若是真话呢?"

"爷爷你真是个……"翠翠说着走出去了。

祖父说:"我说的是笑话,你生我的气吗?"

翠翠不敢生祖父的气,走近门限边时,就把话引到另外一件事情上去:"爷爷,看天上的月亮,那么大!"说着,出了屋外,便在那一派清光的露天中站定。站了一会儿,祖父也从屋中出到外边来了。翠翠于是坐到那白日里为强烈阳光晒热的岩石上去,石头正散发日间所储的余热。祖父就说:

"翠翠,莫坐热石头,免得生坐板疮。"

但自己用手摸摸后,自己便也坐到那岩石上了。

月光极其柔和,溪面浮着一层薄薄白雾,这时节对溪若有人唱歌,隔溪应和,实在太美丽了。翠翠还记着先前祖父说的笑话。耳朵又不聋,祖父的话说得极分明,一个兄弟走马路,唱歌来打发这样的晚上,算是怎么回事?她似乎为了等着这样的歌声,沉默了许久。

她在月光下坐了一阵,心里却当真愿意听一个人来唱歌。久之,对溪除了一片草虫的清音复奏以外,别无所有。翠翠走回家里去,在房门边摸着了那个芦管,拿出来在月光下自己吹着。觉吹得不好,又递给祖父要祖父吹。老船夫把那个芦管竖在嘴边，吹了个长长的曲子，翠翠的心被吹柔软了。

翠翠依傍祖父坐着，问祖父：

"爷爷，谁是第一个做这个小管子的人？"

"一定是个最快乐的人做的，因为他分给人的也是许多快乐；可又像是个最不快乐的人做的，因为他同时也可以引起人不快乐！"

"爷爷，你不快乐了吗？生我的气了吗？"

"我不生你的气。你在我身边，我很快乐。"

"我万一跑了呢？"

"你不会离开爷爷的。"

"万一有这种事，爷爷你怎么样？"

"万一有这种事，我就驾了这只渡船去找你。"

翠翠嗤的笑了："凤滩、茨滩不为凶，下面还有绕鸡笼；绕鸡笼也容易下，青浪滩浪如屋大。爷爷，你渡船也能下凤滩、茨滩、青浪滩吗？那些地方的水，你不说过全是像疯子，毫不讲道理？"

祖父说："翠翠，我到那时可真像疯子，还怕大水大浪？"

翠翠俨然极认真的想了一下，就说："爷爷，我一定不走。可是，你会不会走？你会不会被一个人抓到别处去？"

祖父不作声了，他想到不犯王法不怕官，只有被死亡抓走那一回事情不好办。

老船夫打量着自己被死亡抓走以后的情形，痴痴的看望天南角上一颗星子，心想："七月八月天上方有流星，人也会在七月八月死去吧？"又想起白日在河街上同大老谈话的经过，想起中寨人陪嫁的那座碾坊，想起二老，想起一大堆过去事情，心中不免有点儿乱。

翠翠忽然说："爷爷，你唱个歌给我听听，好不好？"

祖父唱了十个歌，翠翠傍在祖父身边，闭着眼睛听下去，等到祖父不作声时，翠翠自言自语说："我又摘了一把虎耳草了。"

祖父所唱的歌，原来便是那晚上听来的歌。

十六

二老有机会唱歌，却从此不再到碧溪岨唱歌。十五过去了，十六也过去了，到了二十六，老船夫实在忍不住了，进城往河街去找寻那个年青小伙子，到城门边正预备入河街时，就遇着上次为大老做保山的杨马兵，正牵了一匹骡马预备出城，一见老船夫，就拉住了他：

"伯伯，我正有事情告你，碰巧你就来城里！"

"什么事？"

"你听我说：天保大老坐下水船到茨滩出了事，闪不知这个人掉到滩下漩水里就淹坏了。早上顺顺家里得到这个信，听说二老一早就赶去了。"

这个不吉消息同有力巴掌一样，重重的掴了老船夫那么一下，他不相信这是当真的消息。他故作从容的说：

"天保大老淹坏了吗？从不闻有水鸭子被水淹坏的！"

"可是那只水鸭子仍然有那么一次被淹坏了……我赞成你的卓见，不让那小子走车路十分顺手。"

从马兵言语上，老船夫还十分怀疑这个新闻，但从马兵神气上注意，老船夫却看清楚这是个真的消息了。他惨惨的说：

"我有什么卓见可说？这是天意！一切都有天意……"老船夫说时心中充满了感情。

特为证明那马兵所说的话有多少可靠处，老船夫同马兵分手后，于是匆匆赶到河街上去。到了顺顺家门前，正有人烧纸钱，许多人围在一处说话。参加进去听听，所说的便是杨马兵提到的那件事。但一到有人发现了身后的老船夫时，大家便把话语转了方向，故意来谈下河油价涨落情形了。老船夫心中很不安，正想找一个比较要好的水手谈谈。

一会儿船总顺顺从外面回来了，样子沉沉的，这豪爽正直的中年人，正似乎为不幸所打倒，努力想挣扎爬起的神气，一见到老船夫就说：

"老伯伯，我们谈的那件事情吹了吧。天保大老已经坏了，你知道了吧？"

老船夫两只眼睛红红的，把手搓着："怎么的，这是真事？是昨天，是前天？"

另一个像是赶路回来报信的，便插嘴说道："十六中上，船搁到石包子上，船头进了水，大老想把篙撇着，人就弹到水中去了。"

老船夫说："你眼见他下水吗？"

"我还和他同时下水！"

"他说什么？"

"什么都来不及说！这几天来他都不说话！"

老船夫把头摇摇，向顺顺那么怯怯的溜了一眼。船总顺顺像知道他的心中不安处，就说："伯伯，一切是天，算了吧。我这里有大兴场人送来的好烧酒，你拿一点去喝吧。"一个伙计用竹筒上了一筒酒，用新桐木叶蒙着筒口，交给了老船夫。

老船夫把酒拿走，到了河街后，低头向河码头走去，到河边天保大老前天上船处去看看。杨马兵还在那里放马到沙地上打滚，自己坐在柳树荫下乘凉。老船夫就走过去请马兵试试那大兴场的烧酒。两人喝了点酒后，兴致似乎好些了，老船夫就告给杨马兵，十四夜里二老过碧溪岨唱歌那件事情。

那马兵听到后便说：

"伯伯，你是不是以为翠翠愿意二老，应该派归二老……"

话没说完，傩送二老却从河街下来了。这年青人正像要远行的样子，一见了老船夫就回头走去。杨马兵就喊他说：

"二老，二老，你来，我有话同你说呀！"

二老站定了，很不高兴神气，问马兵有什么话说。马兵望望老船夫，就向二老说："你来，有话说！"

"什么话？"

"我听人说你已经走了——你过来我同你说，我不会吃掉你！你什么时候走？"

那黑脸宽肩膊、样子虎虎有生气的傩送二老，勉强似的笑着，到了柳荫下时，老船夫想把空气缓和下来，指着河上游远处那座新碾坊说："二老，听人说那碾坊将来是归你的！归了你，派我来守碾子，行不行？"

二老仿佛听不惯这个询问的用意，便不作声。杨马兵看风头有点儿僵，便说："二老，你怎么的，预备下去吗？"那年青人把头点点，不再说什么，就走开了。

老船夫讨了个没趣，很懊恼的赶回碧溪岨去，到了渡船上时，就装作把事情看得极随便似的，告给翠翠：

"翠翠，今天城里出了件新鲜事情，天保大老驾油船下辰州，运气不好，掉到茨滩淹坏了。"

翠翠因为听不懂，对于这个报告最先好像全不在意。祖父又说：

"翠翠，这是真事。上次来到这里做保山的那个杨马兵，还说我早不答应亲事，极有见识！"

翠翠瞥了祖父一眼，见他眼睛红红的，知道他喝了酒，且有了点事情不高兴，心中想："谁撩你生气？"船到家边时，祖父不自然的笑着向家中走去。翠翠守船，半天不闻祖父声息，赶回家去看看，见祖父正坐在门槛上编草鞋耳子。

翠翠见祖父神气极不对，就蹲到他身前去。

"爷爷，你怎么的？"

"天保当真死了！二老生了我们的气，以为他家中出这件事情，是我们分派的！"

有人在溪边大声喊渡船过渡，祖父匆匆出去了。翠翠坐在那屋角隅稻草上，心中极乱，等等还不见祖父回来，就哭起来了。

十七

祖父似乎生谁的气，脸上笑容减少了，对于翠翠方面也不大注意了。翠翠像知道祖父已不很疼她，但又像不明白它的真正原因。但这并不是很久的事，日子一过去，也就好了。两人仍然划船过日子，一切依旧，惟对于生活，却仿佛什么地方有了个看不见的缺口，始终无法填补起来。祖父过河街去仍然可以得到船总顺顺的款待，但很明显的事，那船总却并不忘掉死去者死亡的原因。二老出白河下辰州走了六百里，沿河找寻那个可怜哥哥的尸骸，毫无结果，在各处税关上贴下招字，返回茶峒来了。过不久，他又过川东去办货，过渡时见到老船夫。老船夫看看那小伙子,好像已完全忘掉了从前的事情,就同他说话。

"二老,大六月日头毒人,你又上川东去,不怕辛苦!"

"要饭吃,头上是火也得上路!"

"要吃饭!二老家还少饭吃!"

"有饭吃,爹爹说年青人也不应该在家中白吃不做事!"

"你爹爹好吗?"

"吃得做得,有什么不好!"

"你哥哥坏了,我看你爹爹为这件事情也好像萎悴多了!"

二老听到这句话,不作声了,眼睛望着老船夫屋后那个白塔。他似乎想起了过去那个晚上,那件旧事,心中十分惆怅。

老船夫怯怯的望了年青人一眼,一个微笑在脸上漾开。

"二老,我家里翠翠说,五月里有天晚上,做了个梦……"说时他又望望二老,见二老并不惊讶,也不厌烦,于是又接着说,"她梦得古怪,说在梦中被一个人的歌声浮起来,上对溪悬岩摘了一把虎耳草!"

二老把头偏过一旁去作了一个苦笑,心中想到"老头子倒会做作"。这点意思在那个苦笑上,仿佛同样泄露出来,仍然被老船夫看到了,老船夫显得有点慌,就说:"二老,你不相信吗?"

那年青人说:"我怎么不相信?因为我做傻子在那边岩上唱过一晚的歌!"

老船夫被一句料想不到的老实话窘住了,口中结结巴巴的说:"这是真的……这是假的……"

"怎不是真的?天保大老的死,难道不是真的?"

"可是,可是……"

老船夫的做作处,原意只是想把事情弄明白一点,但一起始自己叙述这段事情时,方法上就有了错处,故反而被二老误会了。他这时正想把那夜的情形好好说出来,船已到了岸边。二老一跃上了岸,就想走去。老船夫显得有点更加忙乱的样子说:

"二老,二老,你等等,我有话同你说,你先前不是说到那个——你做傻子的事情吗?你并不傻,别人方当真为你那歌弄成傻相!"

那年青人虽站定了,口中却轻轻的说:"得了,够了,不要说了。"

老船夫说:"二老,我听说你不要碾子要渡船,这是杨马兵说的,不是真的打算吧?"

那年青人说:"要渡船又怎样?"

老船夫看看二老的神气,心中忽然高兴起来了,就情不自禁的高声叫着翠翠,要她下溪边来。可是事不凑巧,不知翠翠是故意不从屋里出来,还是到别处去了,许久还不见到翠翠的影子,也不闻这个女孩子的声音。二老等了一会儿,看看老船夫那副神气,一句话不说,便微笑着,大踏步同一个挑担粉条、白糖货物的脚夫走去了。

过了碧溪岨小山,两人应沿着一条曲曲折折的竹林走去,那个脚夫这时节开了口:

"傩送二老,我看那弄渡船的神气,很欢喜你!"

二老不作声。那人就又说道:

"二老,他问你要碾坊还是要渡船,你当真预备做他的孙女婿,接替他那只破渡船吗?"

二老笑了。那人又说:

"二老,若这件事派给我,我要那座碾坊。一座碾坊的出息,每天可收七升米,三斗糠。"

二老说:"我回来时向我爹爹去说,为你向中寨人做媒,让你得到那座碾坊吧。至于我呢,我想弄渡船是很好的。只是老的为人弯弯曲曲,不利索,大老是他弄死的。"

老船夫见二老那么走去了,翠翠还不出来,心中很不快乐,走回家去看看,原来翠翠并不在家。过一会儿,翠翠提了个篮子从小山后回来了,方知道大清早翠翠已出门掘竹鞭笋去了。

"翠翠,我喊了你好久,你不听到!"

"做什么喊我?"

"一个过渡……一个熟人,我们谈起你……我喊你,你可不答应!"

"是谁?"

"你猜,翠翠,不是陌生人……你认识他!"

翠翠想起适间从竹林里无意中听来的话,脸红了,半天不说话。

老船夫问:"翠翠,你得了多少鞭笋?"

翠翠把竹篮向地下一倒,除了十来根小小鞭笋外,只是一大把虎耳草。

老船夫望了翠翠一眼,翠翠两颊绯红,跑了。

十八

日子平平的过了一个月,一切人心上的病痛,似乎都在那份长长的白日下医治好了。天气特别热,各人只忙着流汗,用凉水淘江米酒吃,不用什么心事,心事在人生活中,也就留不住了。翠翠每天到白塔下背太阳的一面去午睡,高处既极凉快,两山竹篁里叫得使人发松的竹雀和其他鸟类又如此之多,致使她在睡梦里尽为山鸟歌声所浮着,做的梦也便常是顶荒唐的梦。

这并不是人的罪过。诗人们在一件小事上写出整本整部的诗,雕刻家在一块石头上雕得出骨血如生的人像,画家一撇儿绿,一撇儿红,一撇儿灰,画得出一幅一幅带有魔力的彩画,谁不是为了惦着一个微笑的影子,或是一个皱眉的记号，方弄出那么些古怪成绩？翠翠不能用文字，不能用石头，不能用颜色把那点心头上的爱憎移到别一件东西上去，却只让她的心，在一切顶荒唐事情上驰骋。她从这份隐秘里，便常常得到又惊又喜的兴奋。一点儿不可知的未来，摇撼她的情感极厉害，她无从完全把那种痴处不让祖父知道。

祖父呢，可以说一切都知道了的。但事实上他却又是个一无所知的人。他明白翠翠不讨厌那个二老，却不明白那小伙子二老近来怎么样。他从船总处与二老处，已碰过了钉子，但他并不灰心。

"要安排得对一点，方合道理，一切有个命！"他那么想着，就更显得好事多磨起来了。睁着眼睛时，他做的梦比那个外孙女翠翠便更荒唐更寥阔。

他向各个过渡本地人打听二老父子的生活，关切他们如同自己家中人一样。但也古怪，因此他却怕见到那个船总同二老了。一见他们他就不知说些什么，只是老脾气把两只手搓来搓去，从容处完全失去了。二老父子方面皆明白他的意思，但那个死去的人，却用一个凄凉的印象，镶嵌到父子心中，两人便对于老船夫的意思，俨然全不明白似的，一同把日子打发下去。

明明白白夜来并不做梦，早晨同翠翠说话时，那作祖父的会说：

"翠翠，翠翠，我昨晚上做了个好不怕人的梦！"

翠翠问："什么怕人的梦？"

就装作思索梦境似的，一面细看翠翠小脸长眉毛，一面说出他另一时张着眼睛所做的好梦。不消说，那些梦原来都并不是当真怎样使人吓怕的。

一切河流皆得归海。话起始说得纵极远，到头来总仍然是归到使翠翠低头红脸那件事情上去。待到翠翠显得不大高兴，神气上露出受了点小窘时，这老船夫又才像有了一点儿害怕，忙着解释，用闲话来遮掩自己所说到那问题的原意。

"翠翠，我不是那么说，我不是那么说。爷爷老了，糊涂了，笑话多咧。"

但有时翠翠却静静的把祖父那些笑话、糊涂话听下去，一直听到后来还抿着嘴儿微笑。

翠翠也会忽然说道：

"爷爷，你真是有一点儿糊涂！"

祖父听过了不再作声，他将说"我有一大堆心事"，但来不及说，恰好就被过渡人喊走了。

天气热了，过渡人从远处走来，肩上挑的是七十斤担子，到了溪边，贪凉快不即走路，必蹲在岩石下茶缸边喝凉茶，与同伴交换"吹吹棒"烟管，且一面与弄渡船的攀谈。许多天上地下子虚乌有的话从此说出口来，给老船夫听到了。过渡人有时还因溪水清洁，就溪边洗脚抹澡的，坐得更久话也就更多。祖父把些话转说给翠翠，翠翠也就学懂了许多事情。货物的价钱涨落呀，坐轿搭船的用费呀，放木筏的人把他那个木筏从滩上流下时,十来把大招子如何活动呀,在小烟船上吃荤烟,大脚婆娘如何烧烟呀……无一不备。

傩送二老从川东押物回到了茶峒。时间已近黄昏了,溪面很寂静。祖父同翠翠在菜园地里看萝卜秧子。翠翠白日中觉睡久了些,觉得有点寂寞,好像听人嘶声喊过渡,就争先走下溪边去。下坎时,见两个人站在码头边,斜阳影里背身看得极分明,正是傩送二老同他家中的长年!翠翠大吃一惊,同小兽物见到猎人一样,回头便向山竹林里跑掉了。那两个在溪边的人,听到脚步响时,一转身,也就看明白这件事情了。等了一下再也不见人来,那长年又嘶声音喊叫过渡。

老船夫听得清清楚楚,却仍然蹲在萝卜秧地上数菜,心里觉得好笑。他已见到翠翠走去,他知道必是翠翠看明白了过渡人是谁,故意蹲在那高岩上不理会。翠翠人小不管事,过渡人求她不干,奈何她不得,所以只好嘶着个喉咙叫过渡了。那长年叫了几声,见没有人来,就同二老说:"这是什么玩意儿,难道老的害病弄翻了,只剩下翠翠一个人了吗?"二老说:"等等看,不算什么!"就等了一阵。因为这边在静静的等着,园地上老船夫却在心里想:"难道是二老吗?"他仿佛担心搅恼了翠翠似的,就仍然蹲着不动。

但再过一阵,溪边又喊起过渡来了,声音不同了一点,这才真是二老的声音。生气了吧?等久了吧?吵嘴了吧?老船夫一面胡乱估着,一面连奔带蹿跑到溪边去。到了溪边,见两

个人业已上了船,其中之一正是二老。老船夫惊讶的喊叫:

"呀,二老,你回来了!"

年青人很不高兴似的:"回来了,——你们这渡船是怎么的?等了半天也不来个人!"

"我以为——"老船夫四处一望,并不见翠翠的影子,只见黄狗从山上竹林里跑来,知道翠翠上山了,便改口说,"我以为你们过了渡。"

"过了渡!不得你上船,谁敢开船?"那长年说着,一只水鸟掠着水面飞去,"翠鸟儿归窠了,我们还得赶回家去吃夜饭!"

"早咧,到河街早咧。"说着,老船夫跳上了船,且在心中一面说:"你不是想承继这只渡船吗?"一面把船索拉动,船便离岸了。

"二老,路上累得很!……"

老船夫说着,二老不置可否、不动感情听下去。船拢了岸,那年青小伙子同家中长年话也不说挑担子翻山走了。那点淡漠印象留在老船夫心上,老船夫于是在两个人身后,捏紧拳头威吓了三下,轻轻的吼着,把船拉回去了。

十九

翠翠向竹林里跑去,老船夫半天还不下船,这件事从傩送二老看来，前途显然有点不利。虽老船夫言词之间，无一句话不在说明"这事有边"，但那畏畏缩缩的说明，极不得体。二老想起他的哥哥，便把这件事曲解了。他有一点儿愤愤不平，有一点儿气恼。回到家里第三天，中寨有人来探口风，在河街顺顺家中住下，把话问及顺顺，想明白二老的心中是不是还有意接受那座新碾坊。顺顺就转问二老自己意见怎么样。

二老说："爸爸，你以为这事为你，家中多座碾坊多个人，你可以快活，你就答应了。若果为的是我，我要好好去想一下，过些日子再说它吧。我尚不知道我应当得座碾坊，还是应当得一只渡船；我命里或只许我撑个渡船！"

探口风的人把话记住，回中寨去报命，到碧溪岨过渡时，见到了老船夫，想起二老说的话，不由得不迷迷的笑着。老船夫问明白了他是中寨人，就又问他上城做些什么事。

那心中有分寸的中寨人说：

"什么事也不做，只是过河街船总顺顺家里坐了一会儿。"

"无事不登三宝殿，坐了一定就有话说！"

"话倒说了几句。"

"说了些什么话？"那人不再说了。老船夫却问道："听说你们中寨人想把大河边一座碾坊连同家中闺女儿送给河街上顺顺，这事情有不有了点眉目？"

那中寨人笑了："事情成就了，我问过顺顺，顺顺很愿意和中寨人结亲家，又问过那小伙子……"

"小伙子意思怎么样?"

"他说:我眼前有座碾坊,有条渡船,我本想要渡船,现在就决定要碾坊吧。渡船是活动的,不如碾坊固定。这小子会打算盘呢。"

中寨人是个米场经纪人,话说得极有斤两,他明知道"渡船"指的是什么意思,但他可并不说穿。他看到老船夫口唇蠕动,想要说话,中寨人便又抢着说道:

"一切皆是命,半点不由人。可怜顺顺家那个大老,相貌一表堂堂,会淹死在水里!"

老船夫被这句话在心上扎实的戳了一下,把想问的话咽住了。中寨人上岸走去后,老船夫闷闷的立在船头,痴了许久。又把二老日前过渡时落漠神气温习一番,心中大不快乐。

翠翠在塔下玩得极高兴,走到溪边高岩上想要祖父唱唱歌,见祖父不理会她,一路埋怨赶下溪边去,到了溪边方见到祖父神气十分沮丧,可不明白为什么原因。翠翠来了,祖父看看翠翠的快活黑脸儿,粗卤的笑笑。对溪有扛货物过渡的,便不说什么,沉默的把船拉过溪去,到了中心却大声唱起歌来了。把人渡过了溪,祖父跳上码头走近翠翠身边来,还是那么粗卤的笑着,把手抚着头额。

翠翠说:"爷爷怎么的,你发痧了?你躺到荫下去歇歇,我来管船!"

"你来管船,好的,妙的,这只船归你管!"

第四章　湘水多情人

老船夫似乎当真发了痧，心头发闷，虽当着翠翠还显出硬扎样子，独自走回屋里后，找寻得到一些碎瓷片，在自己臂上腿上扎了几下，放出了些乌血，就躺到床上睡了。

翠翠自己守船，心中却古怪的快乐高兴，心想："爷爷不为我唱歌，我自己会唱！"

她唱了许多歌，老船夫躺在床上闭着眼睛，一句一句听下去，心中极乱，但他知道这不是能够把他打倒的大病，到明天就仍然会爬起来的。他想明天进城，到河街去看看，又想起另外许多旁的事情。

但到了第二天，人虽起了床，头还沉沉的。祖父当真已病了。翠翠显得懂事了些，为祖父煎了一罐大发药，逼着祖父喝；又过屋后菜园地里摘取蒜苗泡在米汤里作酸蒜苗。一面照料船只，一面还时时刻刻抽空赶回家里来看祖父，问这样那样。祖父可不说什么，只是为一个秘密痛苦着。躺了三天，人居然好了。屋前屋后走动了一下，骨头还硬硬的，心中惦念到一件事情，便预备进城过河街去。翠翠看不出祖父有什么要紧事情，必须当天入城，请求他莫去。

老船夫把手搓着，估量到是不是应说出那个理由。在面前，翠翠一张黑黑的瓜子脸，一双水汪汪的眼睛，使他吁了一口气。

他说："我有要紧事情，得今天去！"

翠翠苦笑着说："有多大要紧事情，还不是……"

189

老船夫知道翠翠脾气，听翠翠口气已经有点不高兴，不再说要走了，把预备带走的竹筒，同扣花袷褃搁到长几上后，带点儿谄媚笑着说："不去吧，你担心我会把自己摔死，我就不去吧。我以为早上天气不很热，到城里把事办完了就回来。不去也好，我明天去！"

翠翠轻声的温柔的说："爷爷，你明天去吧。你腿还软！好好的躺一天再起来！"

老船夫似乎心中还不甘服，撒着两手走出去，在门限边有个打草鞋的棒槌，差点儿把他绊了一大跤。稳住了时，翠翠苦笑着说："爷爷，你瞧，还不服气！"老船夫拾起那棒槌，向屋角隅摔去，说道："爷爷老了！过几天打豹子给你看！"

到了午后，落了一阵行雨，老船夫却同翠翠好好商量，仍然进了城。翠翠不能陪祖父进城，就要黄狗跟去。老船夫在城里被一个熟人拉着谈了许久的盐价、米价，又过守备衙门看了一会儿厘金局长新买的骡马，才到河街顺顺家里去。到了那里，见顺顺正同三个人围着小桌子打纸牌，不便谈话，就站在身后看了一阵牌。后来顺顺请他喝酒，借口病刚好点不敢喝酒，推辞了。牌既不散场，老船夫又不想即走，顺顺似乎并不明白他等着有何话说，却只注意手中的牌。后来老船夫的神气倒为另外一个人看出了，就问他是不是有什么事情。老船夫方忸忸怩怩照老方子搓着他那两只大手，说别的事没有，只想同船总说两句话。

那船总方明白在身后看牌半天的理由，回头对老船夫笑将起来。

"怎不早说？你不说，我还以为你在看我牌学张子。"

"没有什么，只是三五句话，我不便扫兴，不敢说出。"

船总把牌向桌上一撒，笑着向后房走去了，老船夫跟在身后。

"什么事？"船总问着，神气似乎先就明白了他来此要说的话，显得略微有点儿怜悯的样子。

"我听一个中寨人说，你预备同中寨团总打亲家，是不是真事？"

船总见老船夫的眼睛盯着他的脸，想得一个满意的回答，就说："有这事情。"那么答应，意思却是："有了你怎么样？"

老船夫说："真的吗？"

那一个又很自然的说："真的。"意思却依旧包含了"真的又怎么样？"一个疑问。

老船夫装得很从容的问："二老呢？"

船总说："二老坐船下桃源好些日子了！"

二老下桃源的事，原来还同他爸爸吵了一阵才走的。船总性情虽异常豪爽，可不愿意间接把第一个儿子弄死的女孩子，又来做第二个儿子的媳妇，这是很明白的事情。若照当地风气，这些事认为只是小孩子的事，大人管不着；二老当真欢喜翠翠，翠翠又爱二老，他也并不反对这种爱怨纠缠的婚姻。但不知怎么的，老船夫对于这件事情的关心处，使二老父子对于老船夫反而有了一点误会。船总想起家庭间的近事，以为全与这老而好事的船夫有关。虽不见诸形色，心中却有个疙瘩。

船总不让老船夫再开口了，就语气略粗的说道：

"伯伯，算了吧，我们的口只应当喝酒了，莫再只想替儿女唱歌！你的意思我全明白，你是好意。可是我也求你明白我的意思，我以为我们只应当谈点自己分上的事情，不适宜于想那些年青人的门路了。"

老船夫被一个闷拳打倒后，还想说两句话，但船总却不让他再有说话机会，把他拉到牌桌边去。

老船夫无话可说，看看船总时，船总虽还笑着谈到许多笑话，心中却似乎很沉郁，把牌用力掷到桌上去。老船夫不说什么，戴起他那个斗笠，自己走了。

天气还早，老船夫心中很不高兴，又进城去找杨马兵。那马兵正在喝酒，老船夫虽推病，也免不了喝个三五杯。回到碧溪岨，走得热了一点，又用溪水去抹身子。觉得很疲倦，就要翠翠守船，自己回家睡去了。

黄昏时天气十分郁闷，溪面各处飞着红蜻蜓。天上已起了云，热风把两山竹篁吹得声音极大，看样子到晚上必落大雨。翠翠守在渡船上，看着那些溪面飞来飞去的红蜻蜓，心也极乱。看祖父脸上颜色惨惨的，放心不下，便又赶回家中去。先以为祖父一定早睡了，谁知还坐在门限上打草鞋。

"爷爷，你要多少双草鞋穿，床头上不是还有十四双吗？怎么不好好的躺一躺？"

老船夫不作声，却站起身来昂头向天空望着，轻轻的说："翠翠，今晚上要落大雨响大雷的！回头把我们的船系到岩下去，这雨大哩。"

翠翠说："爷爷，我真害怕！"翠翠怕的似乎并不是晚上要来的雷雨。

老船夫似乎也懂得那个意思，就说："怕什么？一切要来的都得来，不必怕！"

二十

夜间果然落了大雨，夹以吓人的雷声。电光从屋脊上掠过时，接着就是訇的一个炸雷。翠翠在暗中抖着。祖父也醒了，知道她害怕，且担心她着凉，还起身来把一条布单搭到她身上去。祖父说："翠翠，打雷不要怕！"

翠翠说："我不怕！"说了还想说："爷爷，你在这里我不怕！"

訇的一个大雷，接着是一种超越雨声而上的洪大闷重倾圮声。两人都以为一定是溪岸悬崖崩塌了，担心到那只渡船，会早已压在崖石下面去了。

祖孙两人便默默的躺在床上听雨声雷声。

但无论如何大雨,过不久,翠翠却依然睡着了。醒来时天已大亮,雨不知在何时业已止息,只听到溪两岸山沟里注水入溪的声音。翠翠爬起身来看看,祖父还似乎睡得很好,开了门走出去,门前已变成为一个水沟,一股浊流便从塔后哗哗的流来,从前面悬崖直堕而下。并且各处全是那么一种临时的水道。屋旁菜园地已为山水冲乱了,菜秧被掩在粗砂泥里了。再走过前面去看看溪里一切,才知道溪中也涨了大水,已漫过了码头,水脚快到茶缸边了。下到码头去的那条路,正同一条小河一样,哗哗的泄着黄泥水。过渡的那一条横溪牵定的缆绳,早被水淹了。泊在崖下的渡船已不见了。

翠翠看看屋前悬崖并不崩坍,当时还不注意渡船的失去。但再过一阵,她上下搜索不到这东西,无意中回头一看,屋后白塔已不见了。一惊非同小可,赶忙向屋后跑去,才知道白塔业已坍倒,大堆砖石极零乱的摊在那儿。翠翠吓慌得不知所措,只锐声叫她的祖父。祖父不起身,也不答应,就赶回家里去,到得床边摇了祖父许久,祖父还不作声。原来这个老年人在雷雨将息时已死去了。

翠翠于是大哭起来。

过一阵,有从茶峒过川东跑差事的人,赶早到了溪边,隔溪喊过渡。翠翠正在灶边一面哭着,一面烧水预备为死去的祖父抹澡。

那人以为老船夫一家还不醒,急于过河,喊叫不应,就抛掷小石头过溪,打到屋顶上。翠翠鼻涕眼泪成一片的走出来,跑到溪边高崖前站定。

"喂,不早了!快快把船划过来!"

"船跑了!"

"你爷爷做什么事情去了?他管船,有责任!"

"他管船,管了五十年的船,尽过了责任——他死了啊!"

翠翠一面向隔溪人说着,一面大哭起来。那人知道老船夫死了,得进城去报信,就说:

"真死了吗?不要哭吧,我回城去告他们,要他们弄条船带东西来!"

那人回到茶峒城边时,一见熟人就报告这件新闻,不多久,全茶峒城里外都知道这个消息了。河街上船总顺顺,派人找了一只空船,带了副白木匣子,即刻向碧溪岨撑去。城中杨马兵却同一个老军人,赶到碧溪岨去,砍了几十根大毛竹,用葛藤编作筏子,作为来往过渡的临时渡船。筏子编好后,撑了那个东西,到翠翠家中那一边岸下,留老兵守竹筏来往渡人,自己跑到翠翠家去看那个死者,眼泪湿莹莹的,摸了一会儿躺在床上硬僵僵的老友,又赶忙着做些应做的事情。到后帮忙的人来了,从大河船上运来的棺木也来了。住在城中的老道士,还带了许多法器,一件旧麻布道袍,并提了一只大公鸡,来尽义务办理念经起水招魂绕棺诸事,也从筏上渡过来了。家中人出出进进，翠翠只坐在灶边矮凳上呜呜的哭着。

到了中午，船总顺顺也来了，还跟着一个人扛了一口袋米、一坛酒、一大腿猪肉。见了翠翠就说：

"翠翠，爷爷死去我知道了。老年人是必须死的。劳苦了一辈子，也应当休息了。你不要发愁，一切有我！"各方面看看，就回去了。

到了下午入了殓，一些帮忙的回的回家去了，晚上便只剩下了那老道士、杨马兵、箍桶匠秃头陈四四同顺顺家派来的两个年青长年。黄昏以前老道士用红绿纸剪了一些花朵，用黄泥作了一些烛台。天断黑后，棺木前小桌上点起黄色九品蜡，燃了香，棺木周围也点了小蜡烛，老道士披上那件蓝麻布道袍，开始了丧事中绕棺仪式。老道士在前拿着个小小纸幡引路，孝子第二，马兵殿后，绕着那具寂寞棺木慢慢转着圈子。两个长年则站在灶边空处，不成节奏胡乱的打着锣钹。老道士一面闭了眼睛走去，一面且唱且哼，安慰亡灵。提到关于亡魂所到西方极乐世界花香四季时，老马兵就把手托木盘里的杂色纸花，向棺木上高高撒去，象征这个西方极乐世界情形。

到了半夜，法事办完了，放过爆竹，蜡烛也快熄灭了。翠翠泪眼婆娑的，赶忙又到灶边去烧火，为帮忙的人办消夜。吃了消夜，老道士歪到死人床上睡着了。剩下几个人还得照规矩在棺木前守灵过夜。老马兵为大家唱丧堂歌取乐，用个空的量米木升子，当作小鼓，把手剥剥剥的一面敲着升底，一面悠悠的唱下去——唱廿四孝中"王祥卧冰"的事情,"黄香扇枕"的事情。

翠翠哭了一整天,也同时忙累了一整天,到这时节已倦极,把头靠在棺前眯着了。两个长年同马兵等既吃了消夜,喝过两杯酒,精神还虎虎的,便轮流把丧堂歌唱下去。但只一会儿,翠翠又醒了,仿佛梦到什么,惊醒后看到棺木,明白祖父已死,于是又幽幽的哭起来。

"翠翠,翠翠,不要哭啦,人死了哭不回来的!"

秃头陈四四接着就说了一个做新嫁娘的人哭泣的笑话,话语中夹杂了三五个粗野字眼儿,因此引起两个年青长年咕咕的笑了许久。黄狗在屋外吠着,翠翠开了大门,到外面去站了一会儿,耳听到各处是虫声,天上月色极好,大星子嵌进透蓝天空里,非常沉静温柔。翠翠心想:

"这是真事情吗?爷爷当真死了吗?"

老马兵原来跟在她的后边,因为他知道女孩子心门儿窄,说不定一炉火闷在灰里,痕迹不露,见祖父去了,自己一切皆已无望,跳崖悬梁,想跟着祖父一块儿去,也说不定。于是随时小心监视到翠翠。

老马兵见翠翠痴痴的站着,时间过了许久还不回头,就打着咳声叫翠翠说:

"翠翠,露水落了,不冷么?"

"不冷。"

"天气好得很！"

"呀……"一颗大流星使翠翠轻轻的喊了一声。

接着南方又是一颗流星划空而下。对溪有猫头鹰叫。

"翠翠，"老马兵业已同翠翠并排一块儿站定了，很温和的说，"你进屋里睡去了吧，不要胡思乱想！老人是入土为安，不要让他挂欠你！"

翠翠默默的回到祖父棺木前，坐在地上又呜咽起来。守在屋中两个长年已睡着了。

那一个马兵便幽幽的说道："不要哭了！不要哭了！你爷爷也难过咧。眼睛哭胀，喉咙哭嘶，有什么好处？听我说，爷爷的心事我全都知道，一切有我。我会把事情安排得好好的，对得起你爷爷。我会安排，什么事都会。我要一个爷爷欢喜，你也欢喜的人来接收这只渡船。不能如我们的意，我老虽老，还能拿镰刀同他们拼命。翠翠，你放心，一切有我！……"

远处不知什么地方鸡叫了，老道士原是个老童生，辛亥后才改业，在那边床上糊糊涂涂的自言自语："天子重英豪，文章教尔曹，万般皆下品，惟有读书高……天亮了吗？早咧！"

二十一

大清早，帮忙的人从城里拿了绳索、杠子赶来了。

第四章　湘水多情人

老船夫的白木小棺材，为六个人抬着，到那个倾圮了的塔后山岨上去埋葬时，船总顺顺、杨马兵、翠翠、老道士、黄狗，都默默的跟在后面。到了预先掘就的方阱边，老道士照规矩先跳下去，把一点朱砂颗粒同白米安置到阱中四隅及中央，又烧了一点纸钱，念了个安魂咒，爬出阱时就要抬棺木的人动手下窆。翠翠哑着喉咙干号，伏在棺木上不起身。经马兵用力把她拉开，方能移动棺木。一会儿，那棺木便下了阱，调整了方向，拉去了绳子，被新土掩盖了。翠翠还坐在地上呜咽。老道士要赶早回城，去替人做斋，过渡走了。船总事务多，把这方面一切托付给老马兵，也赶回城去了。帮忙的到溪边去洗了手，家中各人还有各人的事，且知道这家人的情形，不便再叨扰，也不再惊动主人，过渡回家去了。于是碧溪岨便只剩下三个人，一个是翠翠，一个是老马兵，一个是由船总家派来暂时帮忙照料渡船的秃头陈四四。黄狗因被那秃头打过一石头，怀恨在心，对于那秃头仿佛很不高兴，尽是轻轻的吠着，意思好像说："你来干什么？这里用不着你这个人！"

到了下午，翠翠同老马兵商量，要老马兵回城去，把马托给营里人照料，再回碧溪岨来陪她。老马兵回转碧溪岨时，秃头陈四四被打发回城去了。

翠翠仍然自己同黄狗来弄渡船，让老马兵坐在溪岸高崖上玩，或嘶着个老喉咙唱歌给她听。

过三天后，船总顺顺来商量接翠翠过家里去住，翠翠却想看守祖父的坟山，不愿即刻进城。只请船总过城里衙门去说句话，许杨马兵暂时同她住住，船总顺顺答应了这件事，送了几斤片糖，就走了。

杨马兵原本和翠翠的父亲同营当差，说故事的本领比翠翠祖父还高一筹，加之为人特别热忱，做事又勤快又干净，因此同翠翠住下来，使翠翠仿佛去了一个祖父，却新得了一个伯父。过渡时有人问及可怜的祖父，黄昏时想起祖父，都使翠翠心酸，觉得十分凄凉。但这分凄凉日子过久一点，也就渐渐淡薄些了。两人每日在黄昏中同晚上，坐在门前溪边高崖上，谈点那个躺在湿土里可怜祖父的旧事，有许多是翠翠先前所不知道的，说来便更加使翠翠心中柔和。又说到翠翠的父亲，那个又要爱情又惜名誉的军人，在当时按照绿营军勇的装束，穿起绿盘云得胜褂，包青绉绸包头，如何使乡下女孩子动心。又说到翠翠的母亲，年纪青青时就如何善于唱歌，而且所唱的那些歌在当时又如何流行。

时候变了，一切也自然都不同了，皇帝已被掀下了金銮宝殿，不再坐江山，平常人还消说？杨马兵想起自己年青作马夫时，打扮得索索利利，牵了马匹到碧溪岨来对翠翠母亲唱歌，翠翠母亲总不理会，到如今这自己却成为这孤雏的唯一靠山，唯一信托人，不由得不苦笑。

两人每个黄昏必谈祖父，以及这一家有关系的问题。后来便说到了老船夫死前的一切，翠翠因此明白了祖父活时所不提到的许多事。二老的唱歌,顺顺大儿子的死,顺顺父子对于祖父的冷淡,中寨人用碾坊作陪嫁妆奁诱惑傩送二老,二老既记忆着哥哥的死亡,且因得不到翠翠理会,又被逼着接受那座碾坊,意思还在渡船,因此赌气下行。祖父的死因,又如何和翠翠有关……凡是翠翠不明白的事情,如今可全明白了。翠翠把事情弄明白后,哭了一个夜晚。

过了四七,船总顺顺派人来请马兵进城去,商量把翠翠接到他家中去。马兵以为这件事得问翠翠。回来时,把顺顺的意思向翠翠说过后,见翠翠还不肯和祖父的坟墓离开,又为翠翠出主张,以为名分既不定妥,到一个生人家里也不大方便,还是不如在碧溪岨暂等,等到二老驾船回来时,再看二老意思,说不一定二老要来碧溪岨驾渡船!

办法决定后,老马兵以为二老不久必可回来的,就依然把马匹托营上人照料,在碧溪岨为翠翠做伴,把一个一个日子过下去。

碧溪岨的白塔,人人都认为和茶峒风水大有关系,塔圮坍了,不重新作一个自然不成。除了城中营管、税局,以及各商号各平民捐了些钱以外,各大寨子也有人拿册子去捐钱。为了这塔成就并不是给谁一个人的好处,应尽每个人来积德造福,尽每个人有捐钱的机会,因此在新作的渡船上也放了个两头有节的大竹筒,中部锯了一口,尽过渡人自由把钱投进去。竹筒满了,马兵就捎进城中首事人处去,另外又带了个竹筒回来。过渡人一看老船夫不见了，翠翠辫子上扎了白绒，就明白那老的已做完了自己分上的工作，安安静静躺到土坑里去了，必一面用同情的眼色瞧着翠翠，一面摸出钱来塞到竹筒中去。"天保佑你，死了的到西方去，活下的永保平安。"翠翠明白那些捐钱人的怜悯与同情意思，心里软软的，酸酸的，忙把身子背过去拉船。

到了冬天，那个圮坍了的白塔，又重新修好了。那个在月下唱歌，使翠翠在睡梦里为歌声把灵魂轻轻浮起的年青人，还不曾回到茶峒来。

这个人也许永远不回来了，也许明天回来！

一九三四年四月十九日完成
一九四〇年十月四日在昆明重校改
一九五七年一月十日校正于北京历史博物馆
选自《沈从文选集》，四川人民出版社一九八三年五月版

三三

杨家碾坊在堡子外一里路的山嘴路旁。堡子位置在山弯里，溪水沿了山脚流过去，平平的流，到山嘴折弯处忽然转急，因此很早就有人利用它，在急流处筑了一座石头碾坊，这碾坊，不知从什么时候起，就叫杨家碾坊了。

从碾坊往上看，看到堡子里比屋连墙，嘉树成荫，正是十分兴旺的样子。往下看，夹溪有无数山田，如堆积蒸糕，因此种田人借用水力，用大竹扎了无数水车，用椿木做成横轴同撑柱，圆圆的如一面锣，大小不等竖立在水边。这一群水车，就同一群游手好闲人一样，成日成夜不知疲倦的咿咿呀呀唱着意义含糊的歌。

一个堡子里只有这样一座碾坊，所以凡是堡子里碾米的事都归这碾坊包办，成天有人轮流挑了仓谷来，把谷子倒进石槽里去后，抽去水闸的板，枧槽里水冲动了下面的暗轮，石磨盘带着动情的声音，即刻就转动起来了。于是主人一面谈说一件事情，一面清理簸箩筛子，到后头上包了一块白布，拿着一个长把的扫帚，追逐着磨盘，跟着打圈儿，扫除溢出槽外的谷米，再到后，谷子便成白米了。

到米碾好了，筛好了，把米糠挑走之后，主人全身是灰，常常如同一个滚入豆粉里的汤圆。然而这生活，是明明白白比堡子里许多人生活还从容，而为一堡子中人所羡慕的。

凡是到杨家碾坊碾过谷子的，皆知道杨家三三。妈妈十年前嫁给守碾坊的杨，三三五岁，爸爸就丢下碾坊同母女，什么话也不说死去了。爸爸死去后，母亲作了碾坊的主人，三三还是活在碾坊里，吃米饭同青菜、小鱼、鸡蛋过日子，生活毫无什么不同处。三三先是眼见爸爸成天全身是糠灰，到后爸爸不见了，妈妈又成天全身是糠灰，……于是三三在哭里笑里慢慢的长大了。

妈妈随着碾槽转，提着小小油瓶，为碾盘的木轴铁心上油，或者很兴奋的坐在屋角拉动架上的筛子时，三三总很安静的自己坐在另一角玩。热天坐到有风凉处吹风，用包谷秆子作小笼，捉蝈蝈、纺织娘玩。冬天则伴同猫儿蹲在火桶里，拨灰煨栗子吃。或者有时候从碾米人手上得到一个芦管作成的唢呐，就学着打大傩的法师神气，屋前屋后吹着，半天还玩不厌倦。

这碾坊外屋上墙上爬满了青藤，绕屋全是葵花同枣树，疏疏树林里，常常有三三葱绿衣裳的飘忽。因为一个人在屋里玩厌了，就出来坐在废石槽上撒米头子给鸡吃，在这时，什么鸡逞强欺侮了另一只鸡，三三就得赶逐那横蛮无理的鸡，直等到妈妈在屋后听到声音，代为讨情才止。

这碾坊上游有一潭，四面是大树覆阴，六月里阳光照不到水面。碾坊主人在这潭中养得有几只白鸭子，水里的鱼也比上下溪里多。照当地习惯，凡靠自己屋前的水，也算是自己财产的一份。水坝既然全为了碾坊而筑成的，一乡公约不许毒鱼下网，所以这小溪里鱼极多。遇不甚面熟的人来钓鱼，看到潭边幽静，想蹲一会儿，三三见到了时，总向人说："不行，这鱼是我家潭里养的，你到下面去钓吧。"人若顽皮一点，听到这个话等于不听到，仍然拿着长长的竿子，搁到水面上去安闲的吸着烟管，望到这小姑娘发笑。三三急了，便高声喊叫她的妈："娘，娘，你瞧，有人不讲规矩，钓我们的鱼，你来折断他的竿子，你快来！"娘自然是不会来干涉别人钓鱼的。

母亲就从没有照到女儿意思折断过谁的竿子，照例将说："三三，鱼多唎，让别人钓吧。鱼是会走路的，上面堡子里塘中的鱼，因为欢喜我们这里的水，都跑来了。"三三照例应当还记得夜间做梦，梦到大鱼从水里跃起来吃鸭子，听完这个话，也就没有什么可说了，只静静的看着，看这不讲规矩的人，到后究竟钓了多少鱼去。她心里记着数目，回头好告给妈妈。

有时因为鱼太大了一点,上了钓,拉得不合式,撒断了钓竿,三三可乐极了,仿佛娘不同自己一伙,鱼反而同自己是一伙了的神气。那时就应当轮到三三向钓鱼人咧着嘴发笑了。但是三三却常常急忙跑回去,把这事告给母亲,母女两人同笑。

有时钓鱼的人是熟人,人家来钓鱼时,见到了三三,知道她的脾气,就照例不忘记问:"三三,许我钓鱼吧?"三三便说:"鱼是各处走动的,又不是我们养的,怎么不能钓!"同一件事情对待不同,原来是来人讲礼,三三也讲礼。

钓鱼的是熟人时,三三常搬了小小木凳子,坐到旁边看鱼上钩,且告给这人,另一时谁个把钓竿撒断的故事。到后这熟人回碾坊时,照例会把所得的大鱼分一些给三三家。三三看着母亲用刀剖鱼,掏出白色的鱼脬来,就放在地上用脚去踹,发声如放一枚小爆仗,听来十分快乐。鱼洗好后,揉了些盐,三三忙取麻线来把鱼穿好,挂到太阳下去晒。等待有客时,这些干鱼同辣子炒在一个碗里待客。母亲如想到折钓竿的话,将说:"这是三三的鱼。"三三就笑,心想着:"怎么不是三三的鱼?潭里鱼若不是归我照管,早被村子里看牛孩子捉完了。"

三三如一般小孩,换几回新衣,过几回节,看几回狮子龙灯,就长大了。熟人都说看到三三是在糠灰里长大的。一个堡子里的人,都愿意得到这糠灰里长大的女孩子做媳妇,因为人人都知道这媳妇的妆奁是一座石头作成的碾坊。照规矩,十五岁的三三，要招郎上门，也应当是时候了。但妈妈有了一点私心，记得一次签上的话语，不大相信媒人的话语，所以这碾坊还是只有母女二人，一时节不曾有谁添入。

三三大了，还是同小孩一样，一切得傍着妈妈。母女两人把饭吃过后，在流水里洗了脸，眺望行将下沉的太阳，一个日子就打发走了。有时听到堡子里的锣鼓声音，或是什么人接亲，或是什么人做斋事，"娘，带我去看"，又像是命令又像是请求的说着，若无什么别的理由推辞时，娘总得答应同去。去一会儿，或停顿在什么人家喝一杯蜜茶，荷包里塞满了榛子、胡桃，预备回家时，有月亮天，什么也不用，就可以走回家。遇到夜色晦黑，燃了一把油柴，毕毕剥剥的响着爆着，什么也不必害怕。若到寨子里去玩时，还常有人打了灯笼火把送客，一直送到碾坊外边。三三觉得只有这类事是顶有趣味的事情。在雨里打灯笼走夜路，三三不能常常得到机会，却常常梦到一人那么拿着小小红纸灯笼，在溪旁走着，好像只有鱼知道这回事。

当真说来，三三的事情，鱼知道的比母亲应当还多一点，也是当然的。三三在母亲身旁，说的是母亲全听得懂的话；那些凡是母亲不明白的，差不多都在溪边说的。溪边除了鸭子就只有那些水里的鱼，鸭子成天自己嘎嘎的叫个不休，那里还有耳朵听别人说话！

这个夏天，母女两人一吃了晚饭，不到日黄昏，总常常过堡子里一个姓宋的熟人家去,陪一个行将远嫁的姑娘谈天,听一个从小寨来的人唱歌。有一天,照例又进堡子里去,却因为谈到绣花,使三三回碾坊来取样子,三三就一个人赶忙跑回碾坊来,快到屋边时,黄昏里望到溪边有两个人影子,有一个人到树下,拿着一根竿子,好像要下钓的神气,三三心想,这一定是来偷鱼的,因此照规矩喊着:"不许钓鱼,这鱼是有主人的!"一面想走上前去看是些什么人。

就听到一个人说:"谁说溪里的鱼也有主人?难道溪里活水也可养鱼吗?"

另一人又说:"这是碾坊里小姑娘说着玩的。"

先说话的一个人就笑了。

旋即又听到第二个人说:"三三,三三,你来,你鱼都被人捉完了!"

三三听到人家取笑她,声音好像是熟人,心里十分不平!就冲过去,预备看是谁在此撒野,以便回头告给母亲。走过去时,才知道那第二回说话的人是堡子里一个管事先生,另外是一个从不见过面的年青男人。那男人手里拿的原来只是一个拐杖,不是什么钓竿。那管事先生认得三三,三三也认识他,所以当三三走近身时,就取笑说:

"三三,怎么鱼是你家里养的?你家养了多少鱼呀?"

三三见是堡子里管事先生,什么话也不说了,只低下头笑。头虽低低的,却望到那个好像从城里来的人白裤白鞋,且听到那个男子说："这女孩倒很聪明，很美，长得不坏。"管事的又说："这是我堡子里美人。"两人这样说着，那男子就笑了。

到这时，她猜测男子是对她望着发笑，三三心想："你笑我干吗？"又想："你城里人只怕狗，见了狗也害怕，还笑人，真亏你不羞。"她好像这句话已说出了口，为那人听到了，故打量趁此跑去。管事先生知道她要害羞跑了，便说："三三，你别走，我们是来看你碾坊的，你娘呢？"

"娘不在碾坊房。"

"到堡子里听小寨人唱歌去了，是不是？"

"是的。"

"你怎么不欢喜听唱歌？"

"你怎么知道我不欢喜？"

管事先生笑着说："因为看你一个人回来，还以为你是听厌了那歌，担心这潭里鱼被人偷尽，所以赶回来看看，好小气！"

三三同管事先生说着，慢慢的把头抬起，望到那生人的脸目了，白白的脸好像在什么地方看见过，就估计：莫非这人是唱戏的小生，忘了擦去脸上的粉，所以那么白？……那男子见三三已不再怕人，就问三三：

"这是你的家吗？"

三三说："怎么不是我家？"

因为这答话很有趣味,那男子就说:

"你住在这个山沟边,不怕大水把你冲去吗?"

"嗨,"三三抿着小小美丽嘴唇,狠狠的望了这陌生男子一眼,心里想,"狗来了,你这人吓倒落到水里,水就会冲去你。"想着当真冲去的情形,一定很是好笑,就不理会这两人,笑着跑去了。

从碾坊取了花样子回向堡子走去的三三,在潭边再上游一点,望到那两个白色影子还在前面,不高兴又同这管事先生打麻烦,于是故意跟随这两个人身后,慢慢的走着。听两个人说到城里什么人什么事情,听到说开河,又听到说学务局要办学校,因为这两人全都不知道有人在后面,所以自己觉得很有趣味。到后又听管事先生提起碾坊,提起妈妈怎么好,更极高兴。再到后,就听那城里男人说:

"女孩子倒真俏皮,照你们乡下习惯,应当快放人了。"

那管事的先生笑着说:"少爷欢喜,要总爷做红叶,可以去说亲。不过这碾坊是应当由姑爷管业的。"

三三轻轻的呸了一口,停顿了一下,把两个指头紧紧的塞了耳朵。但依然听到那两人的笑声。她想知道那个由城里来好像唱小生的人还要说些什么,所以不久就继续跟上前去。

那小生说些什么,可听不明白,就只听那个管事先生一人说话。那管事先生说:"作了碾坊主人,别的不说,成天可有新鲜鸡蛋吃,也很值得的!"话一说完,两人又笑了。

三三这次可再不能跟上去了,就坐在溪边的石头上,脸上发着烧,十分生气,心里想:"你要我嫁你,我偏偏不嫁你!我家里的鸡就是成天下二十个蛋,我也不会给你一个吃。"坐了一会儿,凉凉的风吹到脸上,水声淙淙使她记忆起先一时估计中那男子为狗吓倒跌在溪里的情形,可又快乐了,就望到溪里水深处,一人自言自语说:"你怎么这样不中用?管事的救你,你可以喊他救你!"

到宋家时,宋家婶子正说起一件已经说了一会儿的事情,只听宋家妇人说:

"……他们养病倒希奇,说是养病,日夜睡在廊下风里让风吹。……脸儿白得如闺女,见了人就笑。……谁说是团总的亲戚,团总见他那种恭敬样子,你还不见到。福音堂洋人还怕他,他要媳妇有多少!"

母亲就说:"那么他养什么病?"

"谁知道是什么病?横顺成天吃那些甜甜的药,什么事情不做,在床上躺着。在城里是享福,来乡里也是享福。老庚说,害第三期的病,又说是痨病,说也说不清楚。谁清楚城里人那些病名字。依我想,城里人欢喜害病,所以病的名字特别多;我们不能因害病耽搁事情,所以除打摆子只发烧肚泻,别的名字的病,也就从不到乡下来了。"

另外一个妇人因为生过瘰疬,不大悦服宋家妇人武断的话,就说:"我不是城里人,可是也害城里人的病。"

"你舅妈是城里人!"

"舅妈管我什么事?"

"你文雅得像城里人,所以才生痧子!"

这样说着,大家全笑了起来。

母女两人回去时,在路上三三问母亲:"谁是白白脸庞的人?"母亲就照先前一时听人说过的话,告给三三,堡子里如何来了一位城里的病人,样子如何俊,性情如何怪。一个乡下人,对于城中人隔膜的程度,在那些描写里是分明易见的,自然说得十分好笑。在平常某个时节,三三对于母亲在叙述中所加的批评与稍稍过分的形容,总觉得母亲说得极其俨然,十分有味,这时不知如何却不相信这话了。

走了一会儿,三三忽问:"娘,娘,你见到那个城里白脸人没有呢?"

妈妈说:"我怎么会见他?我这几天又不到团总家里去。"

三三心想:"你不见人怎么说了那么半天。"

三三知道妈妈不见到的,自己倒早见到了,便把这件事保守秘密,却十分高兴,以为只有自己明白这件事情,此外凡是说到城里人的都不甚可靠。

两人到潭边时,三三又问:

"娘,你见团总家管事先生没有?"

若是娘说没有见过,反问她一句,那么,三三就预备把先前遇到那两个人的一切,都说给妈妈听了。但母亲这时正想起别一个问题，完全不关心三三问的话，所以三三把方才的事情瞒着母亲，一个字不提。

第二天，三三的母亲到堡子里去，在团总家门前，碰着那个从城里来的白脸客人，同团总的管事先生，正在围城边看马打滚。那管事先生告她，说他们昨天曾到碾坊前散步，见到三三。又告给三三母亲说，这客人是从城里来养病的客人。到后就又告给那客人，说这个人就是碾坊的主人杨伯妈。那人说，真很同小三姐相像。那人又说三三长得很好，很聪明，做母亲的真福气。说了一阵话，把这老妇人说快乐了，在心中展开了一个幻景，想起自己觉得有些近于糊涂的事情，忙匆匆的回转碾坊去，望着三三痴笑。

三三不知母亲为什么今天特别乐，就问母亲到了什么地方，遇着了谁。

母亲想，应当怎么说好？想了许久才开口：

"三三，昨天你见到谁？"

三三说："我见到谁？没有！"

娘就笑了："三三你记记，晚上天黑时，你不看见两个人吗？"

三三以为是娘知道一切了，就忙说："人有两个，一个是团总家管事的先生，一个是生人……怎么？"

"不怎么。我告你，那个生人就是城里来的先生。今天我看见他们，他们说已经和你认识了，所以我们说了许多话。那人真像个姑娘样子。"母亲说到这里时,想起一件事情好笑。

三三以为妈妈是在笑她,偏过头去看土地上灶马,不理会母亲。

母亲说:"他们问我要鸡蛋,你下半天送二十个去,好不好?"

三三听到说鸡蛋,打量昨天两个男人说的笑话都为母亲知道了,心里很不高兴,说道:"谁去送他们鸡蛋?娘,娘,我说……他们是坏人!"

母亲奇怪极了,问:"怎么是坏人?什么地方坏?"

三三红了脸不愿答应。母亲说:

"三三,你说什么事?"

迟了许久,三三才说:"他们背地里要找团总做媒,把我嫁给那个白脸人。"

母亲听到这天真话什么也不说,笑了好一阵。到后估计三三要跑了,才拉着三三说:"小报应,管事先生他们说笑话,这也生气吗?谁敢欺侮你!……"

说到后来,三三也被说笑了。

三三后来就告给娘城里人如何怕狗的话,母亲听到不作声,好久以后,才说:"三三,你真还像个小丫头,什么也不懂。"

第二天,妈妈要三三送鸡子到寨子里去,三三不说什么,只摇头。妈妈既然答应了人家,就只好亲自送去。母亲走后,三三一个人在碾坊里玩,玩厌了,又到潭边去看白鸭,看了一会儿鸭子,等候母亲还不回来,心想莫非管事先生同妈妈吵了架,或者天热到路上发了痧?……心里老不自在,回到碾坊里去。

但是过了一会儿,母亲可仍然回来了,回到碾坊一脸的笑,跨着脚如一个男子神气,坐到小凳上,不住抹额头上汗水,告给三三如何见到那先生,那先生又如何要她坐到那个用粗布做成的软椅子上去,摇着荡着像一个摇网,怪舒服怪不舒服。又说到城里人说的三三为何不念书,城里女人全念书。又说到……

三三正因为等了母亲大半天,十分不高兴,如今听母亲说的话,莫名其妙,不愿意再听,所以不让母亲说完就走了。走到外边站在溪岸旁,望着清清的溪水,记起从前有人告诉她的话,说这水流下去,一直从山里流一百里,就流到城里了。她这时忖想……什么时候我一定也不让谁知道,就要流到城里去,一到城里就不回来了。但是如当真要流去时,她倒愿意那碾坊、那些鱼、那些鸭子,以及那一匹花猫,和她在一处流去。同时还有,她很想母亲永远和她在一处,她才能够安安静静的睡觉。

母亲看不见三三,站在碾坊门前喊着:

"三三,三三,天气热,你脸上晒出油了,不要远走,快回来!"

三三一面走回来，一面就自己轻轻的说："三三不回来了！"

下午天气较热，倦人极了，躺到屋角竹凉床上的三三，耳中听着远处水车陆续的懒懒的声音，眯着眼睛觑母亲头上的髻子，仿佛一个瘦人的脸，越看越活，蒙蒙眬眬便睡着了。

她还似乎看到母亲包了白帕子，拿着扫帚追赶碾盘，绕屋打着圈儿，就听到有人在外面说话，提起她的名字。

只听人说："三三到什么地方去了，怎么不出来？"

她奇怪这声音很熟，又想不起是谁的声音，赶忙走出去，站在门边打望，才望到原来又是那个白脸的人，规规矩矩坐在那儿钓鱼。过细看了一下，却看见那个钓竿，原来是团总家管事先生的烟杆，一头还冒烟。

拿一根烟杆钓鱼，倒是极新鲜的事情，但身旁似乎又已经得到了许多鱼，所以三三非常奇怪。正想走去告母亲，忽然管事先生也从那边走来。

好像又是那一天的那种情景，天上全是红霞，妈妈不在家，自己回来原是忘了把鸡关到笼子里，因此赶忙跑回来捉鸡的。如今碰到这两个人：管事先生同那白脸城里人，站在那石墩子上，轻轻的商量一件事情。这两人声音很轻，三三却听得出是一件关于不利于自己的行为。因为听到说这些话，又不能嗾人走开，又不能自己走开，三三就非常着急，觉得自己的脸上也像天上的霞一样。

那个管事先生装作正经人样子说："我们是来买鸡蛋的，

要多少钱把多少钱。"

那个城里人,也像唱戏小生那么把手一扬,就说:"你说错了,要多少金子把多少金子。"

三三因为人家用金子恐吓她,所以说:"可是我不卖给你,不想你的钱,你搬你家大块金子来,到场上去买老鸦蛋吧。"

管事先生于是又说:"你不卖行吗?别人卖的凤凰蛋我也不希罕。你舍不得鸡蛋为我做人情,你想想,妈妈以后写庚帖,还少得了管事先生吗?"

那城里人于是又说:"向小气的人要什么鸡蛋,不如算了吧。"

三三生气似的大声说:"就算我小气也行。我把鸡蛋喂虾米,也不卖给人!我们不羡慕别人的金子宝贝。你和别人去说金子,恐吓别人吧。"

可是两个人还不走,三三心里就有点着急,很愿意来一只狗向两个人扑去。正那么打量着,忽然从家里就扑出来一条大狗,全身是白色,大声汪汪的吠着,从自己身边冲过去,凶凶的扑到两人身边去,即刻就把这两个恶人冲落到水里去了。

于是溪里的水起了许多波花,起了许多大泡,管事先生露出一个光光的头在水面,那城里人则长长的头发,缠在贴近水面的柳树根上,情景十分有趣。

可是一会儿水面什么也没有了,原来那两个人在水里摸了许多鱼,上了岸,拍拍身上的水点,把鱼全拿走了。

三三想去告给妈妈，一滑就跌下了。

刚才的事原来是做一个梦。母亲似乎是在灶房煮夜饭，因为听到三三梦里说话，才赶出来的。见三三醒了，摇着她问："三三，三三，你同谁吵闹？"

三三定了一会儿神，望妈妈笑着，什么也不说。

妈妈说："起来看看，我今天为你焖芋头吃。你去照照镜子，脸睡得一片红！"虽然依照母亲说的，去照了镜子，还是一句话不说。人虽早已清醒，还记得梦里一切的情景，到后来又想起母亲说的同谁吵闹的话，才反去问母亲，究竟听到吵闹些什么话。妈妈自然是不注意这些，说听不分明，三三也就不再问什么了。

直到吃饭时，妈妈还说到脸上睡得发红，所以三三就告给老人家先后做了些什么梦，母亲听来笑了半天。

第二次送鸡蛋去时，三三也去了，那时是下午。吃过饭后不久，两人进了团总家的大院子。在东边偏院里，看到城里来的那个客，正躺在廊下藤椅上，眺望天上飞的老鹰。管事的不在家，三三认得那个男子，不大好意思上前去，就要母亲过去，自己站在月门边等候。母亲上前去时节，三三又为出主意，要妈妈站在门边大声说"送鸡蛋的来了"，好让他知道。母亲自然什么都照三三主意做去。三三听母亲说这句话，说到第三次，才引起那个白白脸庞的城里人注意，自己就又急又笑。

三三这时是站在月门外边的。从门罅里向里面窥看,只见那白脸人站起身来又坐下去,正像梦里那种样子。同时就听到这个人同母亲说话,说起天气和别的事情,妈妈一面说话一面尽掉过头来望到三三所在的一边。白脸人以为她就要走去了,便说:

"老太太,你坐坐,我同你说说话。"

妈妈于是坐下了,可是同时那白脸的城里人也注意到那一面门边有一个人等候了:"谁在那里?是不是你的小姑娘?"

一看情形不妙,三三就想跑,可是一回头,却望到管事先生站在身后,不知已站了多久。打量逃走自然是难办到的,末后就被拉着袖子,牵进小院子来了。

听到那个人请自己坐下,听到那个人同母亲说那天在溪边看见自己的情形,三三眼望另一边,傍近母亲身旁,一句话不说,巴不得即刻离开,可是想不出怎么就可以离开。

坐了一会儿,出来了一个穿白袍戴白帽、装扮古怪的女人。三三先还以为是个男子,不敢细细的望。后来听这女人说话,且看她站在城里人身旁,用一根小小白色管子塞进那白脸男子口里去,又抓了男子的手捏着,捏了好一会儿,拿一支好像笔的东西,在一张纸上写了些什么记号,那先生问"多少'豆'",就听她回答说:"'豆瘦'同昨天一样。"且因为另外一句话听到这个人笑,才晓得那是一个女人。这时似乎妈妈那一方面,也刚刚才明白这是一个女人,且听到说

"多少'豆'",以为奇怪,所以两人互相望望,都抿着嘴笑了起来。

看着这母女生疏的情形,那白袍子女人也觉得好笑,就不即走开。

那白脸城里人说:"周小姐,你到这地方来一个朋友也没有,就同这小姑娘做个朋友吧。她家有个好碾坊,在那边溪头,有一个动人的水车,前面一点还有一个好堰坝。你同她做朋友,就可到那儿去玩,还可以钓些鱼回来。你同她去那边林子里玩玩吧,要这小姑娘告你那些花名、草名。"

这周小姐就笑着过来,拖了三三的手,想带她走去。三三想不走,望着母亲,母亲却做样子努嘴要她去,不能不走。

可是到了那一边,两人即刻就熟了。那看护把关于乡下的一切,这样那样问了她许多。她一面答着,一面想问那女人一些事情,却找不出一句可问的话,只很希奇的望到那一顶白帽子发笑,觉得好奇怪,怎么顶在头上不怕掉下来。

过后听母亲在那边喊自己的名字,三三也不知道还应当同看护告别,还应当说些什么话,只说"妈妈喊我回去,我要走了",就一个人忙忙的跑回母亲身边,同母亲走了。

母女两人回到路上走过了一个竹林,竹林里恰正当晚霞的返照,满竹林是金色的光。三三把一个空篮子戴在头上,扮作钓鱼翁的样子,同时想起团总家养病服侍病人那个戴白帽子的女人,就和妈妈说:

"娘,你看那个女人好不好?"

母亲说:"你说的是哪一个女人?"

三三好像以为这答复是母亲故意装作不明白的样子,因此稍稍有点不高兴,向前走去。

妈妈在后面说:"三三,你说谁?"

三三就说:"我说谁,我问你先前那个女子,你还问我!"

"我怎么知道你是说谁?你说那姑娘,脸庞红红白白的,是说她吗?"

三三才停着了脚,等着她的妈,且想起自己无道理处,悄悄的笑了。母亲赶上了三三,推着她的背:"三三,那姑娘长得好体面,你说是不是?"

三三本来就觉得这人长得体面,听到妈妈先说,所以就故意说:"体面什么?人高得像一条菜瓜,也算体面!"

"人家是读过书来的,你没看她会写字吗?"

"娘,那你明天要她拜你做干娘吧。她读过书,娘,你近来只欢喜读书的。"

"嗨,你瞧你!我说读书好,你就生气。可是……你难道不欢喜读书的吗?"

"男人读书还好,女人读书讨厌咧。"

"你以为她讨厌,那我们以后讨厌她得了。"

"不,干吗说'讨厌她得了'?你并不讨厌她!"

"那你一人讨厌她好了。"

"我也不讨厌她！"

"那是谁该讨厌她？三三，你说。"

"我说，谁也不该讨厌她。"

母亲想着这个话就笑，三三想着也笑了。

三三于是又匆匆的向前走去，因为黄昏太美，三三不久又停顿在前面枫树下了，还要母亲也陪她坐一会儿，送那片云过去再走。母亲自然不会不答应的。两人坐在那石条子上，三三把头上的竹篮儿取下后，用手整理发辫，就又想起那个男人一样短短头发的女人。母亲说："三三，你用围裙揩揩脸，脸上出汗了。"三三好像没听到妈妈的话，眺望另一方，她心中出奇，为什么有许多人的脸，白得像茶花。她不知不觉又把这个话同母亲说了，母亲就说，这是他们称呼做"城里人"的理由，不必擦粉，脸也总是很白的。

三三说："那不好看。"母亲也说："那自然不好看。"三三又说："宋家的黑子姑娘才真不好看。"母亲因为到底不明白三三意思所在，拿不稳风向，所以再不敢插言，就只貌作留神的听着，让三三自己去作结论。

三三的结论就只是故意不同母亲意见一致，可是母亲若不说话时，自己就不须结论，也闭了口，不再作声了。

另外某一天，有人从大寨里挑谷子来碾坊的，挑谷子的男人走后，留下一个女人在旁边照料一切。这女人欢喜说白话，且不久才从六十里外一个寨上吃喜酒回来,有一肚子的故事,许多乡村消息,得和一个人说说才舒服,所以就拿来与碾坊母女两人说。母亲因为自己有一个女儿,有些好奇的理由,专欢喜问人家到什么地方吃喜酒,看见些什么体面姑娘,看到些什么好嫁妆。她还明白,照例三三也愿意听这些故事,所以就向那个人,问了这样又问那样,要那人一五一十说出来。

三三却静静的坐在一旁,用耳朵听着,一句话不说。有时说的话那女人以为不是女孩子应当听的,声音较低时,三三就装作毫不注意的神气,用绳子结连环玩,实际上仍然听得清清楚楚。因为听到些怪话,三三忍不住要笑了,却扭过头去悄悄的笑,不让那个长舌妇人注意。

到后那两个老太太,自然而然就说到团总家中的来客,且说及那个白袍白帽的女人了。那妇人说她听人说这白帽白袍女人,是用钱雇来的,雇来照料那个先生,好几两银子一天。但她却又以为这话不十分可靠,以为这人一定就是城里人的少奶奶,或者小姨太太。

三三的妈妈意见却同那人的恰恰相反,她以为那白袍女人,决不是少奶奶。

那妇人就说:"你怎么知道不是少奶奶?"

三三的妈说:"怎么会是少奶奶?"

那人说:"你告诉我些道理。"

三三的妈说:"自然有道理,可是我说不出。"

那人说:"你又看不见,你怎么会知道?"

三三的妈说:"我怎么看不见?……"

两人争着不能解决,又都不能把理由说得完全一点,尤其是三三的母亲,又忘记说是听到过那一位喊叫过周小姐的话,用来作证据。三三却记起许多话,只是不高兴同那个妇人去说。所以三三就用别种的方法打乱了两人不能说清楚的问题。三三说:"娘,莫争这些闲事情,帮我洗头吧,我去热水。"

到后那妇人把米碾完挑走了。把水热好了的三三,坐在小凳上一面解散头发,一面带着抱怨神气向她娘说:

"娘,你真奇怪,欢喜同那老婆子说空话。"

"我说了些什么空话?"

"人家媳妇不媳妇,管你什么事!"

…………

母亲想起什么事来了,抿着口痴了半天,轻轻的叹了一口气。

过几天,那个白帽白袍的女人,却同寨子里一个小女孩子到碾坊来玩了。玩了大半天,说了许多话。妈妈因为第一次有这么一个稀客,所以走出走进,只想杀一只肥母鸡留客吃饭,但是又不敢开口,所以十分为难。

三三却把客人带到溪下游一点有水车的地方去,玩了好一阵,在水边摘了许多金针花,回来时又取了钓竿,搬个矮脚凳子，到溪边去陪白帽子女人钓鱼。

溪里的鱼好像也知道凑趣。那女人一根钓竿，一会儿就得了四条大鲫鱼，使她十分欢喜。到后应当回去了，女人不肯拿鱼回去，母亲可不答应，一定要她拿去。并且因为白帽子女人说南瓜子好吃，又另外取了一口袋的生瓜子，要同来的那个小女孩代为拿着。

再过几天，那白脸人同管事先生，也来钓了一次鱼，又拿了许多礼物回去。

再过几天，那病人却同女人在一块儿来了，来时送了一些用瓶子装的糖，还送了些别的东西，使得主人不知如何措置手脚。因为不敢留这两个人吃饭，所以到临走时，三三母亲还捉了两只活鸡，一定要他们带回去。两人都说留到这里生蛋，用不着捉去，还不行。到后说等下一次来再杀鸡，那两只鸡才被开释放下了。

自从两个客人到来后，碾坊里有点不同过去的样子，母女两人说话，提到"城里"的事情，就渐渐多了。城里是什么样子，城里有些什么好处，两人本来全不知道。两人只从那个白脸男子、白袍女人的神气，以及平常从乡下听来的种种，作为想象的根据，摹拟到城里的一切景况，都以为城里是那么一种样子：有一座极大的用石头垒就的城，这城里就竖了许多好房子。每一栋好房子里面都住了一个老爷同一群少爷；每一个人家都有许多成天穿了花绸衣服的女人，装扮得同新娘子一样,坐在家里,什么事也不必做。每一个人家,房子里一定还有许多跟班同丫头,跟班的坐在大门前接客人的名片,丫头便为老爷剥莲心,去燕窝毛。城里一定有很多条大街,街上全是车马。城里有洋人,脚杆直直的,就在大街上走来走去。城里还有大衙门,许多官都如"包龙图"一样,威风凛凛,一天审案到夜,夜了还得点了灯审案。虽有一个包大人,坏人还是数不清,城里还有好些铺子,卖的是各样希奇古怪的东西。城里一定还有许多大庙小庙,成天有人唱戏,成天也有人看戏。看戏的全是坐在一条板凳上,一面看戏一面剥黑瓜子。坏女人想勾引人就向人打瞟瞟眼。城门口有好些屠户,都长得胖敦敦的。城门口还坐有个王铁嘴,专门为人算命打卦。

这些情形自然都是实在的。这想象中的都市,像一个故事一样动人,保留在母女两人心上,却永远不使两人痛苦。她们在自己习惯生活中得到幸福,却又从幻想中得到快乐,所以若说过去的生活是很好的,那到后来可说是更好了。

但是,从另外一些记忆上,三三的妈妈却另外还想起了一些事情,因此有好几回同三三说话到城里时,却忽然又住了口不说下去。三三询问这是什么意思,母亲就笑着,仿佛意思就只是想笑一会儿,什么别的意思也没有。

三三可看得出母亲笑中有原因,但总没有方法知道这另外原因究竟是什么。或者是妈妈预备要搬进城里,或者是做梦到过城里,或者是因为三三长大了,背影子已像一个新娘子了,妈妈惊讶着,这些躲在老人家心上一角儿的事可多着呐。三三自己也常常发笑,且不让母亲知道那个理由。每次到溪边玩,听母亲喊"三三你回来吧",三三一面走一面总轻轻的说:"三三不回来了,三三永不回来了。"为什么说不回来,不回来又到什么地方去落脚,三三并不曾认真打量过。

有时候两人都说到前一晚上梦中去过的城里,看到大衙门大庙的情形,三三总以为母亲到的是一个城里,她自己所到又是一个城里。城里自然有许多,同寨子差不多一样,这个三三老早就想到了的。三三所到的城里一定比母亲那个还远一点,因为母亲凡是梦到城里时,总以为同团总家那堡子差不多,只不过大了一点,却并不很大。三三因为听到那白帽子女人说过,一个城里看护至少就有两百,所以她梦到的,就是两百个白帽子女人的城里!

妈妈每次进寨子送鸡蛋去,总说他们问三三,要三三去玩,三三却怪母亲不为她梳头。但有时头上辫子很好,却又说应当换干净衣服才去。一切都好了,三三却常常临时又忽然不愿意去了。母亲自然不强着三三的。但有几次母亲有点不高兴了,三三先说不去,到后又去;去到那里,两人却都很快乐。

人虽不去大寨,等待妈妈回来时,三三总愿意听听说到那一面的事情。母亲一面说,一面注意三三的眼睛,这老人家懂得到一点三三心事。她自己以为十分懂得三三,所以有时话说得也稍多了一点。譬如关于白帽子女人,如何照料白脸男子那一类事，母亲说时总十分温柔，同时看三三的眼睛，也照样十分温柔。于是，这母亲，忽然又想到了远远的什么一件事，不再说下去；三三也想到了另外一件事，不必妈妈说话了。母女二人就沉默了。

寨子里人有次又过碾坊来了，来时三三已出到外边往下溪水车边采金针花去了。三三回碾坊时，望见母亲同那个人商量什么似的在那里谈话，一见到三三，就笑着什么也不说。三三望望母亲的脸，从母亲脸上颜色，她看出像有些什么事情，很有点蹊跷。

那人一见三三就说："三三，我问你，怎么不到堡子里去玩？有人等你！"

三三望望自己手上那一把黄花，头也不抬说："谁也不等我。"

"你的朋友等你。"

"没有人是我的朋友。"

"一定有人！想想看，有一个人！"

"你说有就有吧。"

"你今年几岁，是不是属龙的？"

三三对这个谈话觉得有点古怪，就对妈妈看着，不即作答。

"你不说我也知道，你妈妈还刚刚告我，四月十七，你看对不对？"

三三心想，四月十七、五月十八你都管不着，我又不希罕你为我拜寿。但因为听说是妈妈告的,三三就奇怪,为什么母亲同别人谈这些话。她就对母亲把小小嘴唇撇了一下,怪着她不该同人说起这些;本来折的花应送给母亲,也不高兴了,就把花放在休息着的碾盘旁,跑出到溪边,拾石子打飘飘梭去了。

不到一会儿,听到母亲送那人出来了,三三赶忙用背对着大路,装着眺望溪对岸那一边牛打架的样子,好让他们走去。那人见三三在水边,却停顿到路上,喊三姑娘,喊了好几声,三三还故意不理会,又才听到那人笑着走了。

到了晚上,母亲因为见到三三不大说话,与平时完全不同了,母亲说:"三三,怎么,是不是生谁的气?"

三三口上轻轻的说"没有",心里却想哭一会儿。

过两天,三三又似乎仍然同母亲讲和了,把一切事都忘掉了,可是再也不提到大寨里去玩,再也不提醒母亲送鸡蛋给人了。同时母亲那一面,似乎也因为了一件事情,不大同三三提到城里的什么,不说是应当送鸡蛋到大寨去了。

日子慢慢的过着,许多人家田间的新稻,为了好的日头同恰当的雨水,长出的禾穗全垂了头。有些人家的新谷已上了仓,有些人家摘着早熟的禾线,舂出新米各处送人尝新了。

因为寨子里那家嫁女的好日子快到了,搭了信来接母女两人过去陪新娘子。母亲正新给三三缝了一件葱绿布围裙,要三三去住两天。三三没有什么理由可以说不去，所以母女两人就带了些礼物到寨子里来了。到了那个嫁女的家里，按照一乡的风气，在女人未出阁以前，有展览妆奁的习惯，一寨子的女人都可来看，就见到了那个白帽子的女人。她因为在乡下除了照料病人就无什么事情可做，所以一个月来在乡下就成天同乡下女人玩玩，如今随同别的女人来看嫁妆，碰到了三三母女两人。

一见面，这白帽子女人便用城里人的规矩，怪三三母亲，问为什么多久不到总爷家里来看他们；又问三三，为什么忘了她。这母女两人自然什么也不好说，只按照一个乡下人的方法，望到略显得黄瘦了的白帽子女人笑着。后来这白帽子的女人就告给三三妈妈，说病人的病还不怎么好，城里医生来了一次，以为秋天还要换换地方，预备八月里回城去，再要到一个顶远的有海的地方去养息。因为不久就要走了，所以她自己同病人，都很想念母女两人，和那个小小碾坊。

这白帽子女人又说，曾托过人带信要她们来玩的，不知为什么她们不来。又说，她很想再来碾坊那小潭边钓鱼，可是因为天气热了一点，不好出门。

这白帽子女人，看见三三的新围裙，裙上还扣了朵小花，式样秀美，充满了一种天真的妩媚，就说：

"三三，你这个围腰真美，妈妈自己作的是不是？"

三三却因为这女人一个月以来脸晒红多了，就只望着这个人的红脸好笑,笑中包含了一种纯朴的友谊。

母亲说:"我们乡下人,要什么讲究东西,只要穿得上身就好了。"因为母亲的话不大实在,三三就轻轻的接下去说:"可是改了三次。"

那白帽子女人听到这个话,向母女笑着:"老太太你真有福气,做你女儿的也真有福气。"

"这算福气吗?我们乡下人,哪里比得城里人好。"

因为有两个人正抬了一盒礼物过去,三三追上前想看看是什么时,白帽子女人望着三三的背影:"老太太,你三姑娘陪嫁的,一定比这家还多。"

母亲也望那一方说:"我们是穷人,姑娘嫁不出去的。"

这些话三三都听到,所以看完了那一抬礼,还不即过来。

说了一阵话,白帽子女人想邀母女两人进寨子里去看看病人,母亲见三三神气有点不高兴,同时且想起是空手,乡下人照例不好意思空手进人家大门,所以就答应过两天再去。

又过了几天,母女二人在碾坊,因为谈到新娘子敷水粉的事情,想到白帽子女人的脸,一到乡下后就晒红了许多的情形,且想起那天曾答应人家的话了,所以妈妈问三三,什么时候高兴去寨子里看"城里人"。三三先是说不高兴,到后又想了一下,去也不什么要紧,就答应母亲,不拘哪一天去都行。既然不拘什么时候,那么,自然第二天就可以去了。

因为记起那白帽子女人说的话,很想来碾坊玩,所以三三要母亲早上同去，好就便邀客来，到了晚上再由三三送客回去。母亲却因为想到前次送那两只鸡，客人答应了下次来吃，所以还预备早早的回来，好杀鸡款客。

一早上，母女两人就提了一篮鸡蛋，向大寨走去。过桥，过竹林，过小小山坡，道旁露水还湿湿的。金铃子像敲钟一样，叮叮的从草里发出声音来，喜鹊喳喳的叫着从头上飞过去。母亲走在三三的后面，看到三三苗条如一根笋子，拿着棍儿一面走一面打道旁的草，记起从前团总家管事先生问过她的话，不知道究竟是什么意思。又想到几天以前，白帽子女人说及的话，就觉得这些从三三日益长大快要发生的事情，不知还有许多。

她零零碎碎就记起一些属于别人的印象来了……一顶凤冠，用珠子穿好的，搁到谁的头上？二十抬贺礼，金锁金鱼，这是谁？……床上撒满了花，同百果，莲子、枣子，这是谁？……这是谁？……那三三是不是城里人？……

若不是滑了一下，向前一窜，这梦还不知如何放肆做下去。因为听妈妈口上连作吭吭，三三才回过头来："娘，你怎么？想些什么？差点儿把鸡蛋篮子也摔了。你想些什么？"

"我想我老了，不能进城去看世界了。"

"你难道欢喜进城吗？"

"你将来一定是要到城里去的！"

"怎么一定？我偏不上城里去！"

"那自然好极了。"

两人又走着,三三忽然又说:"娘,娘,为什么你说我要到城里去?你怎么个想起这事情?"

母亲忙分辩说:"你不去城里,我也不去城里。城里天生是给城里人预备的,我们有我们的碾坊,自然不会离开的。"

不到一会儿,就望到大寨子那门楼了,门前有许多大榆树和梧桐。两人进了寨门向南走,快要走到时,就望见榆树下面,有许多人站立,好像在看热闹,其中还有些人,忙手忙脚的搬移一些东西,看情形一定是发生了什么事情,或者来了远客,或者还是别的原因。母女两人也不什么出奇,依然慢慢的走过去。三三一面走一面说:"莫非是衙门的委员来了?娘,我在这里等你,你先过去看看吧。"母亲随随便便答应着,心里觉得有点蹊跷,就把篮子放下,要三三等着,自己赶上前去了。

这时恰巧有个妇人抱了自己孩子向北走,预备回家,看见三三了,就问:"三三,怎么你这样早,有些什么事?"但同时却看到了三三篮里的鸡蛋了,"三三,你送谁的礼呢?"

三三说:"随便带来的。"因为不想同这人说别的话,于是低下头去,用手盘弄那个盘云的葱绿围腰扣子。

那妇人又说:"你妈呢?"

三三还是低着头用手向南方指着:"过那边去了。"

那女人说:"那边死了人。"

"是谁死了?"

"就是上个月从城中搬来养病的少爷,只说是病,前一些日子还常常出外面玩,谁知忽然犯病就死了。"

三三听到这个,心里一跳,心想:"难道是真话吗?"

这时节,母亲从那边也知道消息了,匆匆忙忙的跑回来,心门口咚咚跳着,脸儿白白的,到了三三跟前,什么话也不说,拉着三三就走,好像是告三三,又像是自言自语的说:"就死了,就死了,真不像会死!"

但三三却立定了,问:"娘,那白脸先生死了吗?"

"都说是死了的。"

"我们难道就回去吗?"

母亲想想:"真的,难道就回去?"

因此母女两人又商量了一下,还是过去看看,好知道究竟是什么原因。三三且想见见那白帽子女人,找到白帽子女人,一切就明白了。但一走进大门边,望见许多人站在那里,大门却敞敞的开着,两人又像怕人家知道她们是来送礼的,不敢进去。在那里就听许多人说到这个病人的一切,说到那个白帽子女人,称呼她为病人的媳妇,又说到别的,都显然证明这些人并不和这两个城里人有什么熟识。

三三脸白白的拉着妈妈的衣角,低声的说:"娘,走。"两人于是就走了。

到了碾坊,因为有人挑了谷子来在等着碾米,母亲提着蛋篮子进去了。三三站立溪边，眼望一泓碧流，心里好像掉了什么东西，极力去记忆这失去的东西的名称，却数不出。

母亲想起三三了，在里面喊着三三的名字，三三说："娘，我在看虾米呢。"

"来把鸡蛋放到坛子里去，虾米在溪里可以成天看！"因为母亲那么说着，三三只好进去了。水闸门的闸板已提起，磨盘正开始在转动，母亲各处找寻油瓶，为碾盘轴木加油，三三知道那个油瓶挂在门背后，却不作声，尽母亲乱乱的各处去找。三三望着那篮子，就蹲到地下去数篮里的鸡蛋，数了半天。后来碾米的人，问为什么那么早拿鸡蛋往别处去，送谁，三三好像不曾听到这个话，站起身来又跑出去了。

一九三一年写成于青岛

一九四一年十一月在昆明重看

一九五七年三月校正

选自《沈从文选集》，四川人民出版社一九八三年五月版

雨　后

"我明白你会来，所以我等你。"

"当真等我？"

"可不是，我看看天，雨快要落了。谁知道这雨要落多大多久。天又是黑的，我喊了五声，或者七声。我说，四狗，四狗，你是怎么啦！雨快要落了，不怕么？落雨了，打雷了，你这个人！全不曾回声。我以为你回了家。我又算，……雨可真来了。哗喇哗喇，这里树叶子响得多怕人。我不怕，可只担心你。我知道你是不曾拿斗篷的。雨水可真大。我躲在那株大楠木下，就是那株楠木，我们俩……忘记了么？你装痴。我要问你到底打哪儿来。身上也不湿多少，头又是光的，我问你，躲到什么洞里。"

四狗笑。四狗不答。他不说从家中来，她便明白的。

他坐到那人身边去，挤拢去坐，垫坐当成褥子的是桐木叶。

这时节行雨已过前山，太阳复出了，还可以看前山成块成片的云，像被猎人追赶的野猪，只飞奔。四狗坐处四围是虫声，是树木枝叶上积雨下滴的声音。上有个棚，雨后太阳蒸得每个山头出热气，四狗头上却阴凉。头上虽凉心却热热的，原来四狗的腰已被两只柔软的手围着了。

"四狗，——"女的想说什么不及说，便打一声唿哨。

因为对山有同伴，同伴这时正吹着口哨找人。

同伴是在落雨时各藏躲岩下树下，雨止以后又散在山头摘蕨菜的，这时陪四狗身边坐的也是摘蕨人。

在两人背后有一个背笼，是女人的。四狗便回头扳那背笼看。

"今天怎么只得这一点？……喔，花倒得了不少。还有莓咧。我口正渴，让我吃莓吧。下了一阵雨，莓已洗淡了，这个可是雨前摘的。这个大的归我吃。我喂你这一颗，算我今天赔礼，不成吗？"

"要你赔礼？我才……"

她把围着四狗的腰的两只手放松了，去采取地上的枯草。

"四狗，我告你，我也总有一天要枯的——一切全要枯，到八月九月，我总比你们枯得更早。"她记起了一册唱本书，自古红颜多命薄。一个女人没有着落，书本上可记起的故事太多了。

四狗莫名其妙。他说道：

"我的天,我听不懂你的话!"

"我也不一定要你懂,你总有一天懂的。"

"让我在这儿便懂,成不成?"

"你要懂,就懂了,待不得我说。"她又想,"聋子耳边响大雷,空事情。"就昹的笑了。

四狗不再吃莓了,用手扳定并排坐的人头,细细的赏鉴。黑色的皮肤,红红的薄嘴,大大的眼睛与长长的眉毛,四狗这时重新来估价。鼻子小,耳朵大,下巴是尖的,这些地方四狗却放过了。他捏她辫子。辫子是在先盘在头上,像一盘乌梢蛇,这时这条蛇已挂在背后了,四狗不怕蛇咬人,从头捏至尾。

"你少野点。"女的说了却并不回头。

四狗渐渐明白了自己的过错。通常便如此,非使人稍稍生气,不会明白的。于是他亲她的嘴——把脸扭着不让这么办,所亲的只是耳下的颈子。四狗为这个情形倒又笑了。

女的稍停停,不让四狗看见,背了脸,也笑了。四狗不必看也完全清楚。

四狗说:"好人,莫发我的气好了。"

"怎么还说人发你的气。女人敢惹男子吗?……嘘,七妹子,你莫颠!"

后面说的话声音提得极高,为的是应付对山一个女人的唱歌。对山七妹子,知道这一边山草棚下有阿姐与四狗在,就唱歌作弄人。

七妹子唱的是——

> 天上起云云重云，
> 地上埋坟坟重坟，
> 娇妹洗碗碗重碗，
> 娇妹床上人重人。

> 天上起云云起花，
> 包谷林里种豆荚，
> 豆荚缠坏包谷树，
> 娇妹缠坏后生家。

四狗是不常常唱歌的，除非是这时人隔一重山——然而如今隔一层什么？他的手，那只拈吃过特意为他摘来的三月莓的手，已大胆无畏从她胁下伸过去，抓定一件东西了。

但仍然得唱，唱的是："大姐走路笑笑底，一对奶子翘翘底，心想用手摩一摩，心子只是跳跳底。"

四狗的心跳，说大话而已。习惯事情已不能使这个男子心跳，除非是把桐木叶子作她的褥，四狗的身作她的被，那时的四狗只想学狗打滚。

对山的七妹子，像看清四狗唱这歌情形下的一切，便大声的喊：

"四狗！四狗！你又撒野了，我要告他们去！"

"七妹子，你再发疯，你让我捶你！"

做妹的怕姐姐，经过一阵恐吓，便顾自规规矩矩扯蕨去了。这里的四狗不久两只手全没了空。

四狗不认字，所以当前一切全无诗意。然而听一切大小虫子的鸣叫，听掠干了翅膀的蚱蜢各处飞，听树叶上的雨点向地下跳跃，听在傍近身边一个人的心憧憧跳，全是诗。

"请你念一句诗给我听。"因为她读过书，而且如今还能看小说，四狗就这样请求。

明白她是读书人，也就容易明白先时同四狗说话的深意了。她从书上知道的事，全不是四狗从实际上所能了解的事。为的要枯了，女人只是一朵花，开的再好也要枯。好花开不长，知道枯的比其他快，便应当更深的爱。然而四狗不是深深的爱吗？虽然深深的爱，总还有什么不够，这应当是认字的过错。四狗不认字。然而若同样的认字识书，在这样天气下不更好些么？

说是请念一句诗，她就想：念深了不能懂，浅了又赶不上山歌好。她只念："落花人独立，微雨燕双飞。"景不洽，但情绪正好是这样情绪。总还有比这个更好的诗，她不能一一去从心中搜索了。

四狗说，"人，这诗真好"，——不是说诗好，他并不懂诗。他意思不过是说念诗的人与此时情景好罢了。他说不出他的快乐。他很快乐。他要撒野。

"这样天气是不准人放荡的天气,不知道么?"

四狗听到说天气,才像去注意天气一样,望望天。天上蓝分分的,还有白的云。白的云若能说像绵羊,则这羊是在蓝海中走动的。四狗虽没见过海,但是那么大,那么深,那么一望无边,天也可以说是海了。

"我说天气太好了,又凉,又清,又……"

"你要成痨病才快活。"

"我成痨病时,你给我的要有好多!"四狗意思是个人身体强壮如豹子,纵听过人说青年人不注意身体随意胡闹就会害痨病,然而痨病不是一时能起的事。

"给你的,——给你的什么?呸!"

到底给什么,四狗也说不出口,于是就被呸了也不争这一口气。把傻话说出来,难道算聪明么?

到后来他想起另外一个事情,要她把舌子让他咬。顽皮的章法,是四狗以外的别一个人想不出,不是四狗她也不会照办的。

她抿了一下嘴,说道:

"四狗你真坏,跟谁学来这个下流行动?"

四狗不答,仍然那么坏。他心想:"什么叫作下流?"他不懂这两个字的意义。

"四狗……你去好了。"

"我去,你一个人在这里呆着成?"

她却笑了。望四狗。身子只是那么找不到安置处,想同四狗变成一个人。有点迷乱,有点……

过了一会儿,她把眼闭着了,还是说:"四狗,你去了吧。"

四狗要走,可也得呆一会儿。

他眼看她着急。这是有经验的。他仍然不松不紧的在她面前歪缠。他有道理。一种神圣的游戏正刚要开始。她口上虽说"四狗,你讨厌,你真讨厌",结果她将承认四狗在她面前放肆是必要的一件事。四狗人坏,至少在这件事上有点坏,然而这是有个纵容四狗学坏的人,不应当由四狗一人负责。

"讨厌的人,我让你摆布,可是你让我……"

一切照办,四狗到后被问到究竟给了他多少,可糊涂得红脸了。头上是蓝分分海样的天,压下来,真像要压下来的样子,然而还有席棚挡驾,不怕被天压死。女人说:"四狗,你把我压死了吧。"四狗也像有这样存心,到后可同天一样,作被盖的东西总不是压得人死的。

四狗仿佛若有所得,又仿佛若有所失,预备挪开自己。

四狗得了些什么?不能说明。他得了她所给他的快活,然而快活是用升可以量,还是用秤可以称的东西呢?他又不知道了。她也得了些,她得的更不是通常四狗解释的"快乐"两字。四狗给她一些气力,一些强硬,一些温柔,她用这些东西把自己陶醉，醉到不知人事。到后她恢复了，有点微倦，全身还软软的，心境却很好，所读的书全忘掉了。

一个年青女人得到男人的好处，不是言语或文字可以解说的，所以她不作声。仰天望，望得见四狗的大鼻子同一口白牙齿。

"四狗，你真讨厌！"

"我不讨厌。"

"你是个坏人。"

"我不是坏人。"

"四狗，不许到井边吃那个冷水！"

在草棚躺着的她，望着向下山的四狗遥喊时，四狗已走过了小溪涧，转到竹子林中，被竹子拦了她的眼睛了。

天气还早，不是烧夜火时候。雨已不落了，她还是躺着，看天上的云，不去采蕨。对山七妹子又唱起来了。

> 娇家门前一重坡，
> 别人走少郎走多，
> 铁打草鞋穿烂了，
> 不是为你为哪个？

一九二八年作，一九三五年重改
选自《沈从文选集》，四川人民出版社一九八三年五月版

龙　朱

第一　说这个人

郎家苗人中出美男子，仿佛是那地方的父母全曾参预过雕塑天王菩萨的工作，因此把美的模型留给儿子了。族长儿子龙朱年十七岁，是美男子中之美男子。这个人，美丽强壮像狮子，温和谦驯如小羊，是人中模型、是权威、是力、是光，种种比譬全是为了他的美。其他德行则与美一样，得天比平常人特别多。

提到龙朱相貌时，就使人生一种卑视自己的心情。平时在各样事业得失上全引不出妒嫉的神巫，因为有次望到龙朱的鼻子，也立时变成小气，甚至于想用钢刀去刺破龙朱的鼻子。这样与天作难的倔强野心却生之于神巫，到后又却因为那个美，仍然把这神巫克服了。

郎家以及乌婆、花帕、长脚各族，人人都说龙朱相貌长得好看，如日头光明，如花新鲜。正因为这样说话的人太多，无量的阿谀，反而烦恼了龙朱了。好的风仪用处不是得阿谀。（龙朱的地位，已就应当得到各样人的尊敬歆羡了。）既不能在女人中煽动勇敢的悲欢，好的风仪全成为无意思之事。龙朱走到水边去照过了自己，相信自己的好处，又时时用铜镜检查自己，觉得并不为人过誉。然而结果如何呢？似乎龙朱不像是应当在每个女子理想中的丈夫那么平常，因此反而与妇女们离远了。

　　女人不敢把龙朱当成目标，做那荒唐艳丽的梦，不是女人的过错。在任何民族中，女子们不能把神做对象，来热烈恋爱，来流泪流血，不是自然的事么？任何种族的妇人，原永远是一种胆小知分的兽类，要情人，也知道要什么样情人才合乎身分。纵其中并不乏勇敢不知事故的女子，也自然能从她的不合理希望上得到一种好教训，相貌堂堂是女子倾心的原由，但一个过分美观的身材，却只作成了与女子相远的方便。谁不承认狮子是孤独兽物？狮子永远孤独，就只为了狮子全身的纹彩与众不同。

　　龙朱因为美，有那与美同来的骄傲不？凡是到过青石冈的苗人，全都能赌咒作证，否认这个事。人人总说总爷的儿子，从不用地位虐待过人畜，也从不闻对长年老辈妇人女子失过敬礼。在称赞龙朱的人口中，总还不忘同时提到龙朱的相貌。全寨中，年青汉子们，有与老年人争吵事情时，老人词穷，就必定说，我老了，你年青人，干吗不学龙朱谦恭对待长辈？这青年汉子若还有羞耻心存在，必立时遁去，不说话，或立即认错，作揖赔礼。一个妇人与人谈到自己儿子，总常说，儿子若能像龙朱，那就卖自己与江西布客，让儿子得钱花用，也愿意。所有未出嫁的女人，都想自己将来有个丈夫能与龙朱一样。所有同丈夫吵嘴的妇人，说到丈夫时，总说你不是龙朱，真不配管我磨我；你若是龙朱，我做牛做马也甘心情愿。

还有，一个女人同她的情人，在山洞里约会，男子不失约，女人第一句赞美的话总是"你真像龙朱"。其实这女人并不曾同龙朱有过交情，也未尝听到谁个女人同龙朱约会过。

一个长得太标致了的人，是这样常常容易为别人把名字放到口上咀嚼的。

龙朱在本地方远远近近，得到如此尊敬爱重。然而他是寂寞的。这人是兽中之狮，永远当独行无伴！

在龙朱面前，人人觉得极卑小，把男女之爱全抹杀，因此这族长的儿子，却仿佛永远无从爱女人了。女人中，属于乌婆族，以出产多情才貌女子著名地方的女人，也从无一个敢来到龙朱面前，闭上一只眼，荡着她上身，同龙朱挑情。也从无一个女人，敢把她绣成的荷包，掷到龙朱身边来。也从无一个女人，敢把自己姓名与龙朱姓名编成一首歌，来到跳年时节唱。然而所有龙朱的亲随，所有龙朱的奴仆，又正因为强壮美好，正因为与龙朱接近，如何在一种沉醉狂欢中享受这个种族中年青女人小嘴长臂的温柔！

"寂寞的王子，向神请求帮忙吧。"

使龙朱生长得如此壮美，是神的权力，也就是神所能帮助龙朱的唯一事。至于要女人倾心，是人的事情！

要自己，或他人，设法使女人来在面前唱歌，疯狂中裸身于草席上面献上贞洁的身，只要是可能，龙朱不拘牺牲自己所有任何物，都愿意。然而不行。任怎样设法，也不行。七梁桥的洞口终于有合拢的一日，不拘有人能说在高大山洞合拢以前，龙朱能够得到女人的爱，是不可信的事。

民族中积习，折磨了天才与英雄，不是在事业上粉骨碎身，便是在爱情中退位落伍，这不是仅仅郎家王子的寂寞，他一种族中人，总不缺少同样的故事！不是怕受天责罚，也不是另有所畏，也不是预言者曾有明示，也不是族中法律限止，自自然然，所有女人都将她的爱情，给了一个男子，轮到龙朱却无分了。

在寂寞中龙朱是用骑马猎狐以及其他消遣把日子混下去的。

日子如此过了四年，他二十一岁。

四年后的龙朱，没有与以前日子龙朱两样处。另一方面也许可以指出一点不同来，那就是说如今的龙朱，更像一个好情人了。年龄在这个神工打就的身体上，增加上了些更表示

"力"更像男子的东西，应长毛的地方生长了茂盛的毛，应长肉的地方添上了结实的肉。一颗心，则同样因为年龄所补充的，更其能顽固的预备承受爱给与爱了。

他越觉得寂寞。

虽说七梁洞并没有合拢，二十一岁的人年纪算青，来日正长，前途大好，然而什么时候是那补偿填还时候呢？有人能作证，说天所给别的男子的那一份幸福与苦恼，过不久也将同样分派给龙朱么？有人敢包，说到另一时，会有个初生之犊一般的女子，不怕一切来爱龙朱么？

郎家族男女结合，在唱歌。大年时，端午时，八月中秋时，以及跳年刺牛大祭时，男女成群唱，成群舞。女人们，各自穿了峒锦衣裙，各戴花擦粉，供男子享受。平常时，大好天气下，或早或晚，在山中深洞，在水滨，唱着歌，把男女吸到一块来，即在太阳下或月亮下，成了熟人，做着只有顶熟的人可做的事。在此习惯下，一个男子不能唱歌，他是种羞辱；一个女子不能唱歌，她不会得到好丈夫。抓出自己的心，放在爱人的面前，方法不是钱，不是貌，不是门阀，也不是假装的一切，只有真实热情的歌。所唱的，不拘是健壮乐观，是忧郁，是怒，是恼，是眼泪，总之还是歌。一个多情的鸟决不是哑鸟。一个人在爱情上无力勇敢自白，那在一切事业上也全是无希望可言，这样的人决不是好人！

那么龙朱必定是缺少这一项，所以不行了。

第四章　湘水多情人

事实又并不如此。龙朱的歌全为人引作模范的歌，用歌发誓的青年男子女人，全采用龙朱誓歌那一个韵。一个情人被对方的歌窘倒时，总说及胜利人拜过龙朱作歌师傅。凡是龙朱的声音，别人都知道。凡是龙朱唱的歌，无一个女人敢接声。各样的超凡入圣，把龙朱摒除于爱情之外，歌的太完全太好，也仿佛成为一种吃亏理由了。

有人拜龙朱作歌师傅的话，也是当真的。手下的用人，或其他青年汉子，在求爱时腹中歌词为女人逼尽，或为一种浓烈情感扼着了他的喉咙，歌唱不出心中的恩怨，来请教龙朱，龙朱总不辞。经过龙朱的指点，结果是多数把女子引回家，成了管家妇；或者领到山洞中，互相把心愿了销。熟读龙朱的歌的男子，博得美貌善歌的女人倾心，也有过许多人。但是歌师傅永远是歌师傅，直接要龙朱教歌的，总全是男子，并无一个年青女人。

龙朱是狮子，只有说这个人是狮子，可以使平常人对于他的寂寞得到一种解释！

当地年青女人到什么地方去了呢？懂得唱歌要男人的，都给一些歌战胜，全引诱尽了。凡是女人都明白在情欲上的固持是一种痴处，所以女人宁愿减价卖出，无一个敢屯货在家。如今只能让日子过去一个办法，因了日子的推迁，希望那新生的犊中也有那不怕狮子的犊在。

龙朱就常常这样自慰着度着每个新的日子，人事凑巧处正多着,在七梁桥洞口合拢以前,也许龙朱仍然可以得着一种好运。

第二　说一件事

中秋大节的月下整夜歌舞,已成了过去的事了。大节的来临,反而更寂寞,也成了过去的事了。如今已到了九月。打完谷子了。拾完桐子了。红薯早挖完全下窖了。冬鸡已上孵,快要生出小鸡了。连日晴明出太阳。天气冷暖宜人。年青女子全都负了柴耙同篾笼上坡扒草。各处山坡上都有歌声。各处山洞里,都有情人在用干草铺就并撒有野花的临时床铺上并排坐或并头睡。这九月是比春天还好的九月。

龙朱在这样时候更多无聊。出去玩,打鸠本来非常相宜,然而一出门就听到各处歌声,到许多地方又免不了要碰着那成双作对的人,于是大门也不敢出了。

无所事事的龙朱,每天只在家中磨刀。这预备在冬天来剥豹皮的刀,是宝物,是龙朱的朋友。无聊无赖的龙朱,是正用着那"一日数摩挲,剧于十五女"[①]的心情来爱这口宝刀的。

---

① 此句出于南北朝《琅琊王歌辞·新买五尺刀》,原句为"一日三摩挲,剧于十五女"。

第四章　湘水多情人

刀用清油在一方小石上磨了多日，光亮到暗中照得见人，锋利到把头发放近刀口，吹一口气发就成两截。然而他还是每天把这把刀来磨砺。

某天，一个比平常日子似乎更像是有意帮助青年男女"野餐"的一天，黄黄的日头照满全村，龙朱仍然在阳光下磨刀。

在这人脸上有种孤高鄙夷的表情，嘴角的笑纹也变成了一条对生存感到烦厌的线。他时时凝神听察堡外远处女人的尖细歌声，又时时顾望天空。黄日头临照到他一身，使他身上有春天温暖。天是蓝天，在蓝天作底的景致中，常常有雁鹅排成八字或一字写在那虚空。龙朱望到这些也不笑。

什么事把龙朱变成这样阴郁的人呢？郎家，乌婆族，花帕，长脚……每一族的年青女人都应负责，每一对年青情人都应致歉。妇女们，在爱情选择中遗弃了这样完全人物，是菩萨神鬼不许可的一件事，是爱神的耻辱，是民族灭亡的先兆。女人们对于恋爱不能发狂，不能超越一切利害去追求，不能选她顶欢喜的一个人，不论是什么种族，这种族都近于无用，很像汉人，也很显明了。

龙朱正磨刀，一个五短身材的奴隶走到他身边来，伏在龙朱的脚边，用手攀他主人的脚。

龙朱瞥了一眼，仍然不作声，低头磨刀。

这个奴隶抚着龙朱的脚也不作声。

远处正有一片歌声飞来。过了一阵，龙朱发声了，声音像唱歌,在揉和了庄严和爱的调子中夹着一点儿愤懑,说:"矮子,你又不听我话,做这个样子!"

"主,我是你的奴仆。"

"难道你不想做朋友吗?"

"我的主,我的神,在你面前我永远卑小。谁人敢在你面前平排?谁人敢说他的尊严在美丽的龙朱面前还有存在必须?谁人不愿意永远为龙朱作奴作婢?谁……"

龙朱用顿足制止了矮奴的奉承,然而矮奴仍然把最后一句"谁个女子敢想象爱上龙朱?"恭维得不得体的话说毕,才站起来。

矮奴站起了,也仍然如平常人跪下一般高。矮人似乎真适宜于作奴隶的。

龙朱说:"什么事使你这样可怜?"

"在主面前看出我的可怜,这一天我真值得生存了。"

"你人太聪明了。"

"经过主的称赞,呆子也成了天才。"

"我说的是毫不必须的'聪明',是令人讨厌的废话。我问你,到底有什么事?"

"是主人的事,因为主在此事上又可见出神的恩惠。"

"你这个只会唱歌不会说话的人,真要我打你了。"

矮奴到这时才把话说到身上。这时他哭着脸,表明自己的苦恼和失望,且学着龙朱生气时顿足的神气。这行为,若在别人猜来，也许以为矮子服了毒，或者肚脐被山蜂所螫，所以作成这样子，表明自己痛苦，至于龙朱，则早已明白，猜得出矮子的郁郁不乐，不出赌博输钱或失欢女人两件事。

龙朱不作声，高贵的笑，于是矮子说：

"我的主，我的神，我的事是瞒不了你的。在你面前的仆人，又被一个女子欺侮了！"

"得了，谁能欺侮你？你是一只会唱谄媚曲子的鸟，被欺侮是不会有的事！"

"但是，主，爱情把仆人变成一只蠢鸟了。"

"只有人在爱情中变聪明的事。"

"是的，聪明了，仿佛比其他时节聪明了一点点，但在一个比自己更聪明的人面前，我看出我自己蠢得像一只猪。"

"你这土鹦哥平日的本事往什么地方去了？"

"平时哪里有什么本事呢？这只土鹦哥，嘴巴大，身体大，唱的歌全是学来的，不中用。"

"把你所学的全唱唱，也就很可以打胜仗。"

"唱虽唱过了，还是失败。"

龙朱皱了一皱眉毛，心想这事怪。

然而一低头，望到矮奴这样矮，便了然于矮奴的失败是在身体，不是在歌喉了，龙朱微笑说：

"矮东西，莫非是为你相貌把你事情弄坏了？"

"但是她并不曾看清楚我是谁。若果她知道我是在美丽无比的龙朱王子面前的矮奴,那她早被我引到黄虎洞做新娘子了。"

"我不信。一定是你土气太重。"

"我赌咒,这个女人不是从声音上量得出我身体长短的人。但她在我的歌声上,却一定把我心的长短量出了。"

龙朱还是摇头,因为自己即或见到矮人站在面前,至于度量这矮奴心的长短,还不能够的。

"主,请你信我的话。这是一个美人,许多人唱枯了喉咙,还为她所唱败!"

"既然是好女人,你也就应当把喉咙唱枯,为她吐血,才是爱。"

"我喉咙枯了,才到主面前来求救。"

"不行不行,我刚才还听过你恭维了我一阵,一个真正为爱情绊倒了脚的人,他决不会过一阵又能爬起来说别的话!"

"主啊,"矮奴摇着他那颗大头颅,悲声的说道,"一个死人在主面前,也总有话赞扬主的完全美好,何况奴仆呢。奴仆是已为爱情绊倒了脚,但一同主人接近,仿佛又勇气勃勃了。主给人的勇气比何首乌补药还强十倍。我仍然唱去了。让人家战败了,我也不说是主的奴仆,不然别人会笑主用着这样一个蠢人,丢了郎家的光荣!"

矮奴于是走了。但最后说的几句话,却激起了龙朱的愤怒,把矮子叫着,问,到底女人是怎样的女人。

第四章　湘水多情人

矮奴把女人的脸，身，以及歌声，形容了一次。矮奴的言语，正如他自己所称，是用一枝秃笔与残余颜色涂在一块破布上的。在女人的歌声上，他就把所有青石冈地方有名的出产比喻净尽。说到像甜酒，说到像枇杷，说到像三羊溪的鳜鱼，说到像大兴场的狗肉，仿佛全是可吃的东西。矮奴用口作画的本领并不蹩脚。

在龙朱眼中，看得出矮奴有点儿饥饿，在龙朱心中，则所引起的，似乎也同甜酒狗肉引起的欲望相近。他有点好奇，不相信，就同到一起去看看。

正想设法使龙朱快乐的矮奴，见到主人要出去，当然欢喜极了，就着忙催主人出寨门往山中去。

不一会儿，这郎家的王子就到山中了。

藏在一堆干草后面的龙朱，要矮奴大声唱出去，照他所教的唱。先不闻回声。矮奴又高声唱，过一会儿，在对山，在毛竹林里，却答出歌来了。音调是花帕族中女子悦耳的音调。

龙朱把每一个声音都放到心上去，歌只唱三句，就止了。有一句留着待答歌人解释。龙朱便告给矮奴答复这一句歌。又教矮奴也唱三句出去，等那边解释，龙朱的歌意思是：凡是好酒就归那善于唱歌的人喝，凡是好肉也应归善于唱歌的人吃，只是你姣好美丽的女人应当归谁？

女人就答一句，意思是：好的女人只有好男子才配。她且即刻又唱出三句歌来,就说出什么样男子方是好男子。说好男子时,提到龙朱的大名,又提到别的两个人的名,那另外两个名字却是历史上的美男子名字,只有龙朱是活人,女人的意思是:你不是龙朱,又不是××××,你与我对歌的人究竟算什么人?你糊涂,你不用妄想。

"主,她提到你的姓名!她骂我!我就唱出你是我的主人,说她只配同主人的奴隶相交。"

龙朱说:"不行,不要唱了。"

"她胡说,应当要让她知道她是只够得上为主人擦脚的女子。"

然而矮奴见龙朱不作声,也不敢回唱出去了。龙朱的心深沉到刚才几句歌中去了,他料不到有女人敢这样大胆。虽然许多女子骂男人时,都总说:"你不是龙朱。"这事却又当别论了。因为这时谈到的正是谁才配爱她的问题。女人能提出龙朱名字来,女人骄傲也就可知了。龙朱想既然这样,就让她先知道矮奴是自己的用人,再看情形如何。

于是矮奴依照龙朱所教的,又唱了四句。歌的意思是:吃酒糟的人何必说自己量大,没有根柢的人也休想同王子要好,若认为掺了水的酒总比酒糟还行,那与龙朱的用人恋爱也就很写意了。

谁知女子答得更妙,她用歌表明她的身分,说,只有乌婆族的女人才同龙朱用人相好,花帕族女人只有外族的王子可以论交，至于花帕苗中的自己，为预备在郎家苗中与男子唱歌三年，再预备来同龙朱对歌的。

矮子说："我的主，她尊视了你，却小看了你的仆人，我要解释我这无用用人并不是你的仆人，免得她知道了耻笑！"

龙朱对矮奴微笑，说："为什么你不应当说'你对山的女子，胆量大就从今天起始来同我龙朱主人对歌'呢？你不是先才说到要她知道我在此，好羞辱羞辱她吗？"

矮奴听龙朱说的话，还不很相信得过，以为这只是主人说的笑话。他想不到主人因此就会爱上这个狂妄大胆的女人。他以为女人不知对山有龙朱在，唐突了主人，主人纵不生气，自己也应当生气。告女人龙朱在此，则女人虽觉得羞辱了，可是自己的事情也完了。

龙朱见矮奴迟疑，不敢接声，就打一声吆喝，让对山人明白，表示还有接歌的气概，尽女人起头。龙朱的行为使矮奴发急，矮奴说："主，你在这儿我已没有歌了。"

"你照我意思唱下去，问她胆子既然这样大，就拢来，看看这个如虹如日的龙朱。"

"我当真要她来？"

"当真！要她来我看看是什么样女人，敢轻视我们说不配同花帕族女子相好！"

矮奴又望了望龙朱，见主人情形并不是在取笑他的用人，就全答应下来了。他们歌唱出口后，于是等待着女子的歌声。

稍过一会儿，女子果然又唱起来了。所唱的意思是：对山的竹雀你不必叫了，对山的蠢人你也不必唱了，还是想法子到你龙朱王子的奴仆跟前学三年歌，再来开口。

矮奴说："主，这话怎么回答？她要我跟龙朱的用人学三年歌，再开口，她还是不相信我是你最亲信的奴仆，还是在骂我郎家苗的全体！"

龙朱告矮奴一首非常有力的歌，唱过去，那边好久好久不回。矮奴又提高喉咙唱。回声来了，大骂矮子，说矮奴偷龙朱的歌，不知羞，至于龙朱这个人，却是值得在走过的路上撒满鲜花的。矮奴烂了脸，不知所答。年青的龙朱，再也不能忍下去了，小小心心，压着了喉咙，平平的唱了四句。声音的低平仅仅使对山一处可以明白，龙朱是正怕自己的歌使其他男女听到，因此哑喉半天的。龙朱的歌中意思就是说：唱歌的高贵女人，你常常提到郎家苗一个平凡的名字使我惭愧，因为我在我族中是最无用的人，所以我族中男子在任何地方都有情人，独名字在你口中出入的龙朱却仍然是个独身。

不久，那一边像思索了一阵，也幽幽的唱和起来了，唱的是：你自称为郎家苗王子的人，我知道你不是，因为这王子有银锣银钟的声音。本来呢，拿所有花帕苗年青女子供龙朱作垫还不配，但爱情是超过一切的事情，所以你也不要笑我。所歌的意思，极其委婉谦和，音节又极其整齐，是龙朱从不闻过的好歌。因为对山女人总不相信与她对歌的是龙朱，所以龙朱不由得不放声唱了。

这歌是用顶精粹的言语，自顶纯洁的一颗心中摇着，从一个顶甜蜜的口中喊出，成为顶热情的音调，这样一来所有一切声音仿佛全哑了。一切鸟声与一切远处歌声，全成了这王子歌时和拍的一种碎声，对山的女人，从此沉默了。

龙朱的歌一出口，矮奴就断定了对山再不会有回答。这时节等了一阵，还无回声，矮奴说："主，一个在奴仆当来是劲敌的女人，不等主的第二个歌已压倒了。这女人前不久还说大话，要与郎家王子对歌，她学三十年还不配！"

矮奴不问龙朱意见许可不许可，就又用他不高明的中音唱道：

"你花帕族中说大话的女子，

大话以后不用再说了，

若你欢喜作郎家王子仆人的新妇，

他愿意你过来见他的主同你的夫。"

仍然不闻有回声。矮奴说，这个女人莫非害羞上吊了吧。矮奴说的原只是笑话，然而龙朱却说过对山看看去。龙朱说后就走，沿山谷流水沟下去。跟到龙朱身后追着，两手拿了一大把野黄菊同山红果的，是想做新郎的矮奴。

矮奴常说，在龙朱王子面前，跛脚的人也能跃过阔涧。这话是真的。如今的矮奴，若不是跟了主人，这身长不过四尺的人，就决不会像腾云驾雾一般的飞！

第三　唱歌过后一天

"狮子，我说过你，永远是孤独的！"郎家为一个无名勇士立碑，曾有过这样句子。

龙朱昨天并没有寻着那唱歌人。到女人所在处的毛竹林中时，不见人。人走去不久，只遗了无数野花。跟踪各处追，还是见不着。各处找遍了，见到不少好女子，各躺在草地唱歌歇憩，见龙朱来时，识与不识都立起来怯怯的如为龙朱的美所征服。见到的女子，问矮奴是不是那一个人，矮奴总摇头。

龙朱又重复回到女人唱歌地方，别无所有，只见一片落英洒在垫坐的干草上。望到这个野花的龙朱，如同嗅过血腥气的小豹，虽按捺自己咆哮，仍不免要憎恼矮奴走得太慢。其实那走在前面的是龙朱，矮奴则两只脚像贴了神行符，全不自主，只仿佛像飞。矮奴无过错。不过女人比鸟儿，这称呼得实在太久了，不怕主仆二人走得怎样飞快，鸟儿毕竟还是先已飞到远处去了！

天气渐渐夜下来，各处有鸡叫，各处有炊烟，龙朱废然归了家。那想作新郎的矮奴，跟在主人的后面，把所有的花全丢了，两只长手垂到膝下，还只说见了她非抱她不可，万料不到自己是拿这女人在主人面前开了多少该死的玩笑！天气当时原是夜下来了。矮奴又是跟在龙朱王子的后面，望不到主人脸上的颜色。一个聪明的仆人，即或怎样聪明，总也不会闭了眼睛知道主人的心情的。

龙朱过了一个特别的烦恼日子，半夜睡不着，起来怀了宝刀，披上一件豹皮小褂，走到堡墙上去了望。无所闻，无所见，入目的只是远山上的野烧明灭。各处村庄全睡尽了，大地也睡了。寒月凉露，助人悲思，于是这个少年王子，仰天叹息，悲怀抒郁。且远处山下，听有孩子哭声，如半夜醒来吃奶时情形，龙朱更难自遣。

龙朱想，这时节，各地各处，那洁白如羔羊温和如鸽子的女人，岂不是全都正在新棉絮中做好梦？当地的青年，在日里唱歌倦了的心，做工疲倦了的身体，岂不是在这时节也全得到休息了么？只是那扰乱了自己心思的女人，究竟在什么地方呢？她不应当如同其他女人，在新棉絮中做梦。她不应当有睡眠。她这时应当来思索她所歆慕的王子的歌声。她应当野心扩张，希望我凭空而下。她应当为思我而流泪，如悲悼她情人的死去。……但是，这女子究竟是什么人的女儿？

烦恼中的龙朱，拔出刀来，向天作誓说："你大神，你老祖宗，神明在左在右，我龙朱不能得到这女人作妻，我永远不与女人同睡，承宗接祖事我不负责！若爱情必须用血来掉换时，我愿意在神面前立约，我如得到她，斫下一只手也不翻悔！"

立过誓后的龙朱，回转自己的屋中，和衣睡了。睡后不久，就梦到女人缓缓唱歌而来，身穿白衣白裙，钉满了小小银泡，头发纷披在身后，模样如救苦救难观世音。女人的神奇，使郎家王子屈膝，倾身膜拜。但是女人却不理会，越去越远了。郎家王子就赶过去，拉着女人的衣裙。女人回过头笑了。女人一笑，龙朱就勇敢了，这王子猛如豹子擒羊，把女人连衣抱起飞向一个最近的山洞中去。龙朱做了男子。龙朱把最武勇的力，最纯洁的血，最神圣的爱，全献给这梦中女子了。

郎家的大神是能护佑青年情人的，龙朱所要的，业已由神帮助得到了。

日里的龙朱，已明白昨夜一个好梦所交换的是些什么了，精神反而更充实了一点，坐到那大石墩上晒太阳，在太阳下深思人世苦乐的分界。

矮奴愁眉双结走进院中来，来到龙朱脚边伏下，龙朱轻轻用脚一踢，就乘势一个筋斗，翻然而起。

"我的主，我的神，若不是因为你有时高兴，用你尊贵的脚踢我，奴仆的筋斗决不至于如此纯熟！"

"讨厌的东西，你该打十个嘴巴。"

"那大约因为口牙太钝，本来是在主跟前的人，无论如何也应当比奴仆聪明十倍！"

"唉，矮陀螺，你又在做戏了。我警告了你不知道有多少回，不许这样，难道全都忘记了么？你大约似乎把我当作情人，来练习一种精粹谄媚技能吧。"

"惶恐！奴仆是当真有一种野心，在主面前来练习一种技能，以便将来把主的神奇编成历史的。"

"你近来一定赌博又输了，缺少钱扳本。一个天才在穷时越显得是天才，所以这时节的你到我面前时寡话就特别多。"

"是的，我赌输了，损失不少。但输的不是金钱，是爱情！"

"我以为你肚子这样大，爱情纵输也输不尽的！"

"用肚子大小比爱情贫富，主的想象真是历史上大诗人的想象。不过，……"

矮奴从龙朱脸上看出龙朱今天情形不同往日，所以不说了。这据说爱情上赌输了的矮奴，看得出主人有要出去走走的样子，就改口说：

"这样好的天气，真是日神特意为主出游而预备的天气，不出去像不大对得起这大神一番好意！"

龙朱说："日神为我预备的天气我倒好意思接受，你为我预备的恭维我可受不了。"

"本来主并不是人中的皇帝，要依靠恭维阿谀而生存。主是天上的虹，同日头与雨一块儿长在世界上的，赞美形容自然多余。"

"那你为什么还是这样唠唠叨叨？"

"在美好月光下野兔也会跳舞,在主的光明照耀下我当然比野兔聪明一点儿。"

"够了!随我到昨天唱歌女人那地方去,或者今天可以见见那个女人。"

"主呵,我就是来报告这件事。我已经探听明白了。女人是黄牛寨寨主的姑娘。据说这寨主除会酿制好酒以外就是会养女儿。寨中据说姑娘有三个,这是第三的,还有大姑娘二姑娘不常出来。不常出来的据说生长得更美。这全是有福气的人享受的!我的主,当我听到女人是这家人的姑娘时,我才知道我是一只癞蛤蟆。这样人家的姑娘,为郎家王子擦背擦脚,勉勉强强。主若是想要,我们就差人抢来。"

龙朱稍稍生了气,说:"给我滚了吧,矮子,郎家的王子是抢别人家的女儿的么?说这个话不知羞么?"

矮奴当真就把身卷成一个球,滚到院中一角去。这样,算是知羞了。然而听过矮奴的话以后的龙朱怎么样呢?三个女人就在离此不到三里路的堡寨里,自己却一无所知,郎家的王子真是多么愚蠢!到第三的小鸟也能出寨迎太阳与生人唱歌,那大姐二姐早已成了熟透的桃子多日了。让好女人守在家中等候那命运中远方大风吹来的美男子作配,这是神的意思。但是神这意思又是多么自私!龙朱如今既把情形探明白了,也不要风,也不要雨,自己马上就应当走去!

龙朱不再理会矮奴就跑出去了。矮奴这时节正在用手代足走路,做戏法娱龙朱,见龙朱一走,知道主人脾气,也忙站起身追出去。

"我的主,慢一点,别太忙!在笼中蓄养的雀儿是始终飞不远的,主你白忙有什么用?"

龙朱虽听到后面矮奴的声音,却仍不理会,如一支箭向黄牛寨射去。

快要到寨边,郎家的王子是已全身略觉发热了。这王子,一面想起许多事,还是要矮奴才行,于是就去到一株大榆树下的青石墩上歇憩。这个地方再有两箭远近就是那黄牛寨用石砌成的寨门了。树边大路下是一口大井。溢出井外的水成一小溪活活流着,溪水清明如玻璃,井边有人低头洗菜。龙朱顾望这人的背影是一个青年女子,心就一动。一个圆圆肩膊,一个大大的发髻,髻上簪了一朵小黄花。龙朱就目不转睛的注意这背影转移,以为总可以有机会见到她的脸。在那边大路上,矮奴却像一只海豹匍匐气喘走来了。矮奴不知道路下井边有人,只望到龙朱,恐怕龙朱冒冒失失走进寨里去却一无所得,就大声嚷:

"我的主,我的神,你不能冒失进去,里面的狗像豹子!虽说你是山中的狮子,无怕狗道理,但是为什么让笑话留给这花帕族,说狮子曾被家养的狗吠过呢?"

龙朱也来不及喝止矮奴,矮奴的话却全为洗菜女人听到了。听到这话的女人,就嗤的笑了。且知道有人在背后,才抬起头回转身来，望了望路边人是什么样子。

这一望情形全了然了。不必道名通姓，也不必再看第二眼，女人就知道路上的男子便是郎家的王子，是昨天唱过了歌今天追跟到此的王子，郎家王子也同样明白了这洗菜的女人是谁。平时气概轩昂的龙朱，看日头不眱眼睛，看老虎也不动心，只略微把目光与女人清冷的目光相遇，却忽然觉得全身缩小到可笑的情形中了。女人的头发能系大象，女人的声音能制怒狮，这青年王子屈服到这寨主女儿面前，也是平平常常的一件事啊！

矮奴走到了龙朱身边，见到龙朱失神失志的情形，又望见了井边女人的背影，情形已明白了五分。他知道这个女人就是那昨天唱歌被主人收服的女人，且知道这时候无论如何女人也明白蹲在路旁石墩上的男子是龙朱，他有点慌张，不知所措，对龙朱作出一种呆样子，又用一手掩自己的口，一手指女人。

龙朱轻轻附到他耳边说："聪明的扁嘴，这时节，是你做戏的时节！"

矮奴于是咳了一声嗽。女人明知道了头却不回。矮奴于是又把音调弄得极其柔和，像唱歌一样的开口说道：

"郎家王子的仆人昨天做了错事，今天特意来当到他主人在姑娘面前赔礼。不可恕的过失永远不可恕，因为我如今把姑娘想对歌的人引导前来了。"

女人头不回，却轻轻说道：

"跟着凤凰飞的乌鸦也比锦鸡还好。"

矮奴说：

"这乌鸦若无凤凰在身边，就有人要拔它的毛……"

说出这样话的矮奴，毛虽不曾拔，耳朵却被龙朱拉长了。小子知道了自己猪八戒性质未脱，赶忙赔礼作揖。听到这话的女人，笑着回过头来，见到矮奴情形，更好笑了。

矮奴见女人掉回了头，就又说道：

"我的世界上唯一良善的主人，你做错事了。"

"为什么？"龙朱很奇怪矮奴有这种话，所以追问。

"你的富有与慷慨，是各族中全知道的，所以用不着在一个尊贵的女人面前赏我金银，那本来不必需。你的良善喧传远近，所以你故意这样教训你的奴仆，别人也相信你不是会发怒的人。但是你为什么不差遣你的奴仆，为那花帕族的尊贵姑娘把菜篮提回，表示你应当同她说说话呢？"

郎家的王子与黄牛寨寨主的女儿，听到这个话全笑了。

矮奴话还说不完，才责备了主人又来自责。他说：

"不过郎家王子的仆人，照理他应当不必主人使唤就把事情做好，是这样他才配说是好仆人——"

于是，不听龙朱发言，也不待那女人把菜洗好，走到井边去，把菜篮拿来挂到屈着的手肘上，向龙朱眨了一下眼睛，却回头走了。

267

龙朱迟了许久才走到井边去。

十天后,龙朱用三十只牛三十坛酒下聘,作了黄牛寨寨主的女婿。

一九二九年作于上海

选自《沈从文选集》,四川人民出版社一九八三年五月版

图书在版编目（CIP）数据

我在阳光下往返春天 / 沈从文著. -- 成都：天地出版社, 2025. 8. -- ISBN 978-7-5455-8854-5

Ⅰ. I216.2

中国国家版本馆CIP数据核字第2025SS9480号

WO ZAI YANGGUANG XIA WANGFAN CHUNTIAN
我在阳光下往返春天

出 品 人	陈小雨　杨　政
作　　者	沈从文
责任编辑	张诗尧
责任校对	马志侠
封面设计	V　霄
责任印制	王学锋

出版发行	天地出版社
	（成都市锦江区三色路238号　邮政编码：610023）
	（北京市方庄芳群园3区3号　邮政编码：100078）
网　　址	http://www.tiandiph.com
电子邮箱	tianditg@163.com
经　　销	新华文轩出版传媒股份有限公司

印　　刷	北京天宇万达印刷有限公司
版　　次	2025年8月第1版
印　　次	2025年8月第1次印刷
开　　本	880mm×1230mm 1/32
印　　张	8.75
字　　数	167千字
定　　价	48.00元
书　　号	ISBN 978-7-5455-8854-5

版权所有◆违者必究

咨询电话：(028) 86361282（总编室）
购书热线：(010) 67693207（营销中心）

如有印装错误，请与本社联系调换